行吟拾粹

叶清森 著
周 静 编

国家图书馆出版社

图书在版编目（CIP）数据

行吟拾粹 / 叶清森著, 周静编. -- 北京 : 国家图书馆出版社, 2017.7

ISBN 978-7-5013-6124-3

Ⅰ. ①行… Ⅱ. ①叶… ②周… Ⅲ. ①诗集—中国—当代 Ⅳ. ①I227

中国版本图书馆CIP数据核字(2017)第127461号

书　　名　行吟拾粹

著　　者　叶清森　著　周静　编

责任编辑　王燕来

助理编辑　王佳妍

出　　版　国家图书馆出版社（100034　北京市西城区文津街7号）
（原书目文献出版社　北京图书馆出版社）

发　　行　010-66114536　66126153　66151313　66175620
66121706（传真）　66126156（门市部）

E-mail　nlcpress@nlc. cn（邮购）

Website　www.nlcpress.com→投稿中心

经　　销　新华书店

印　　装　河北三河弘翰印务有限公司

版　　次　2017年7月第1版　2017年7月第1次印刷

开　　本　710×1000毫米　1/16

印　　张　16

书　　号　ISBN 978-7-5013-6124-3

定　　价　32.00元

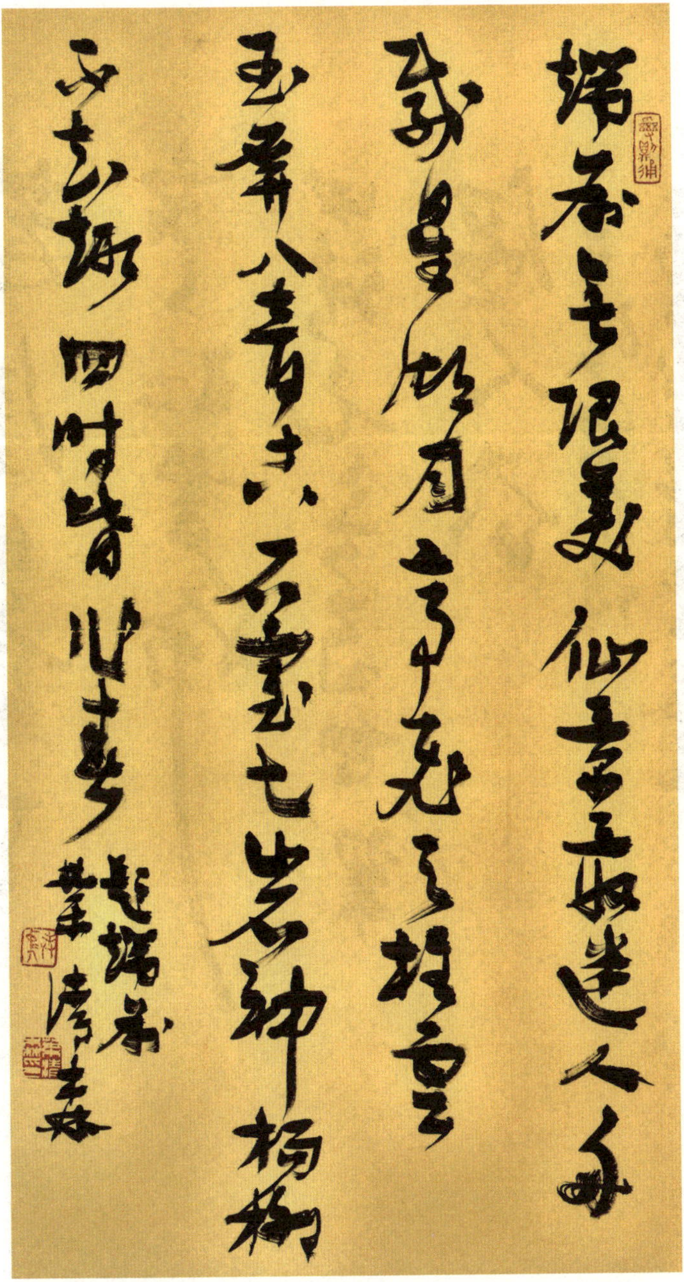

端州无限美，仙景（境）最迷人。舟载星湖月，亭飞天柱云。玉屏八音古，石室七岩神。杨柳不知趣，四时皆作春。

——题端州

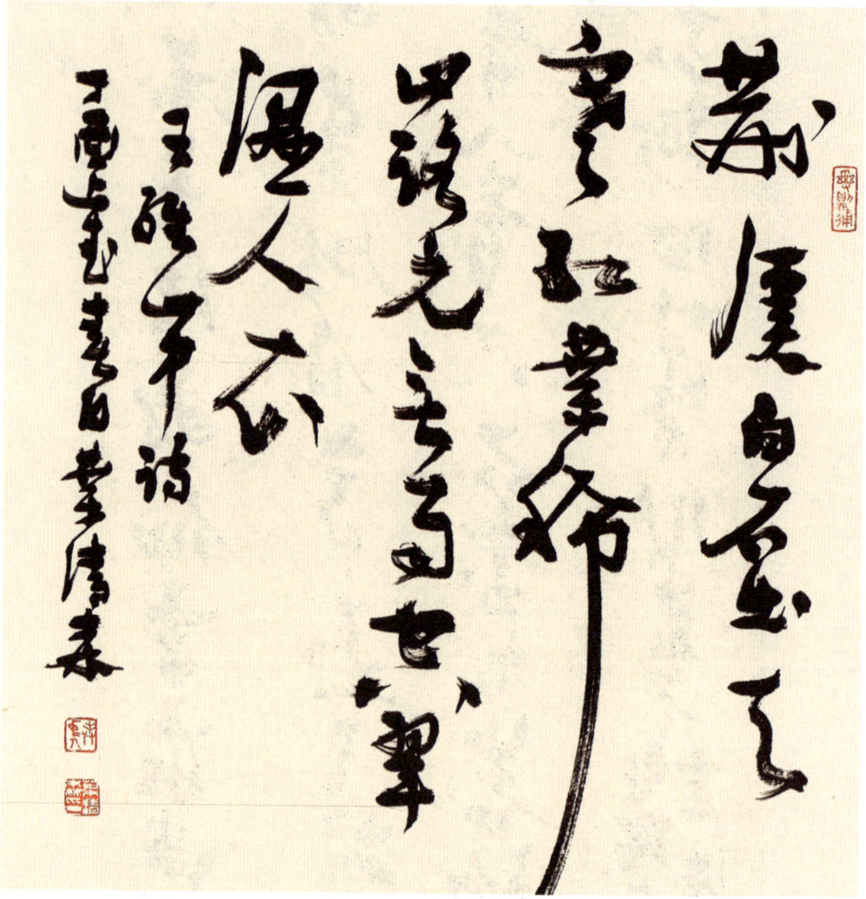

荊溪白石出，天寒红叶稀。山路元无雨，空翠湿人衣。

——王维山中诗

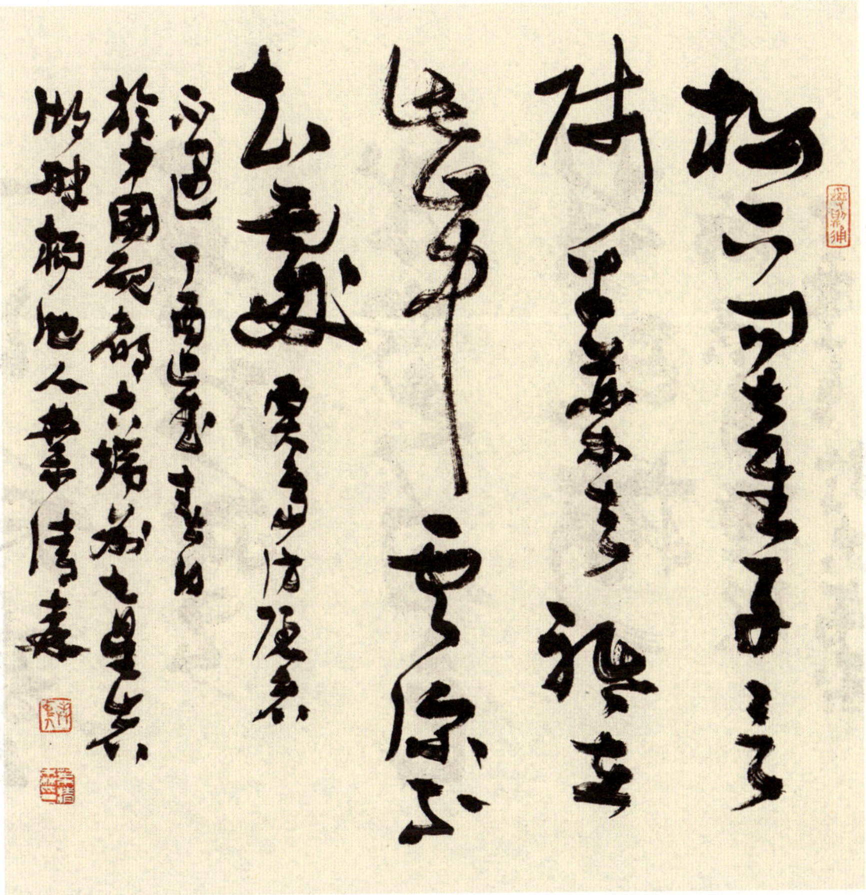

松下问童子，言师采药去。只在此山中，云深不知处。

——贾岛访隐者不遇

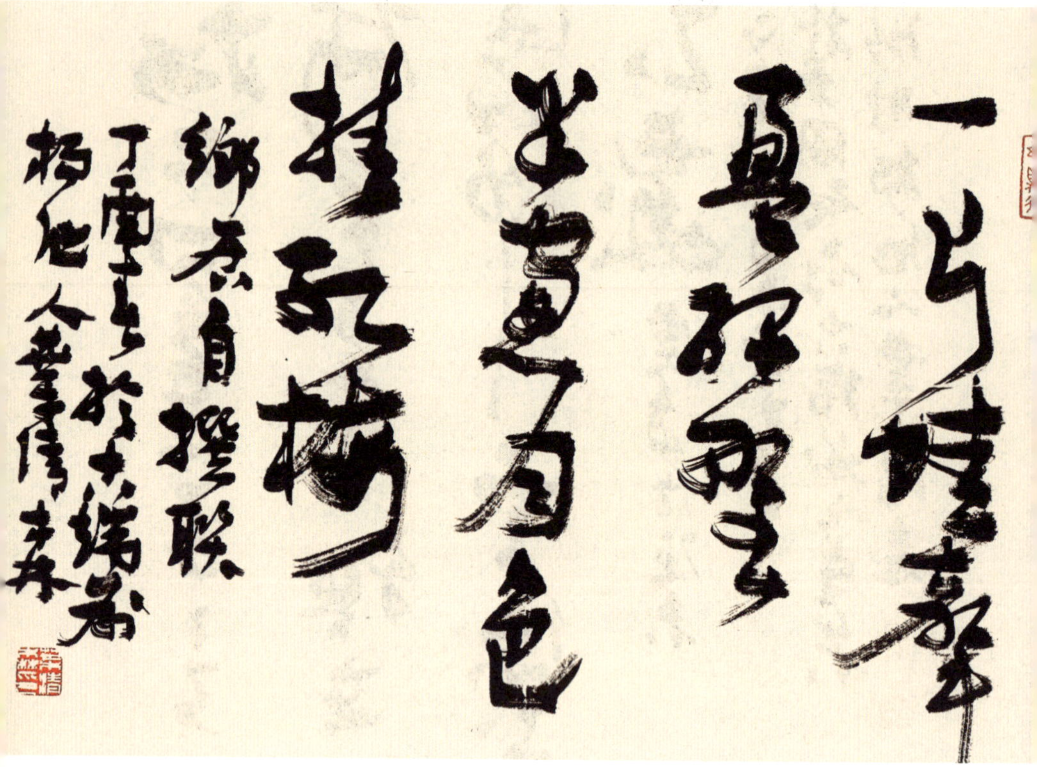

一片蛙声盈绿野　半窗月色挂红梅

——乡居自撰联

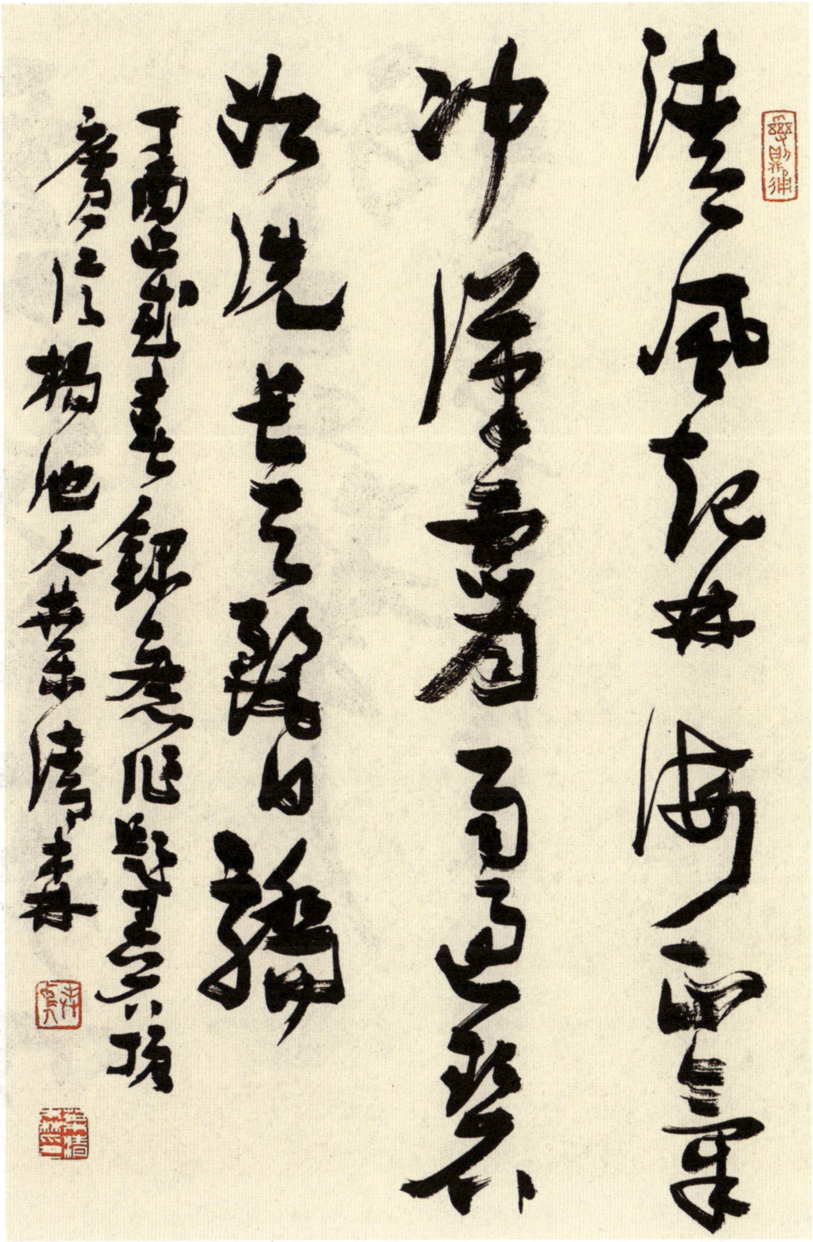

清风起林海，正气冲汉霄。雨过碧如洗，长天丽日骄。

——题黑石顶

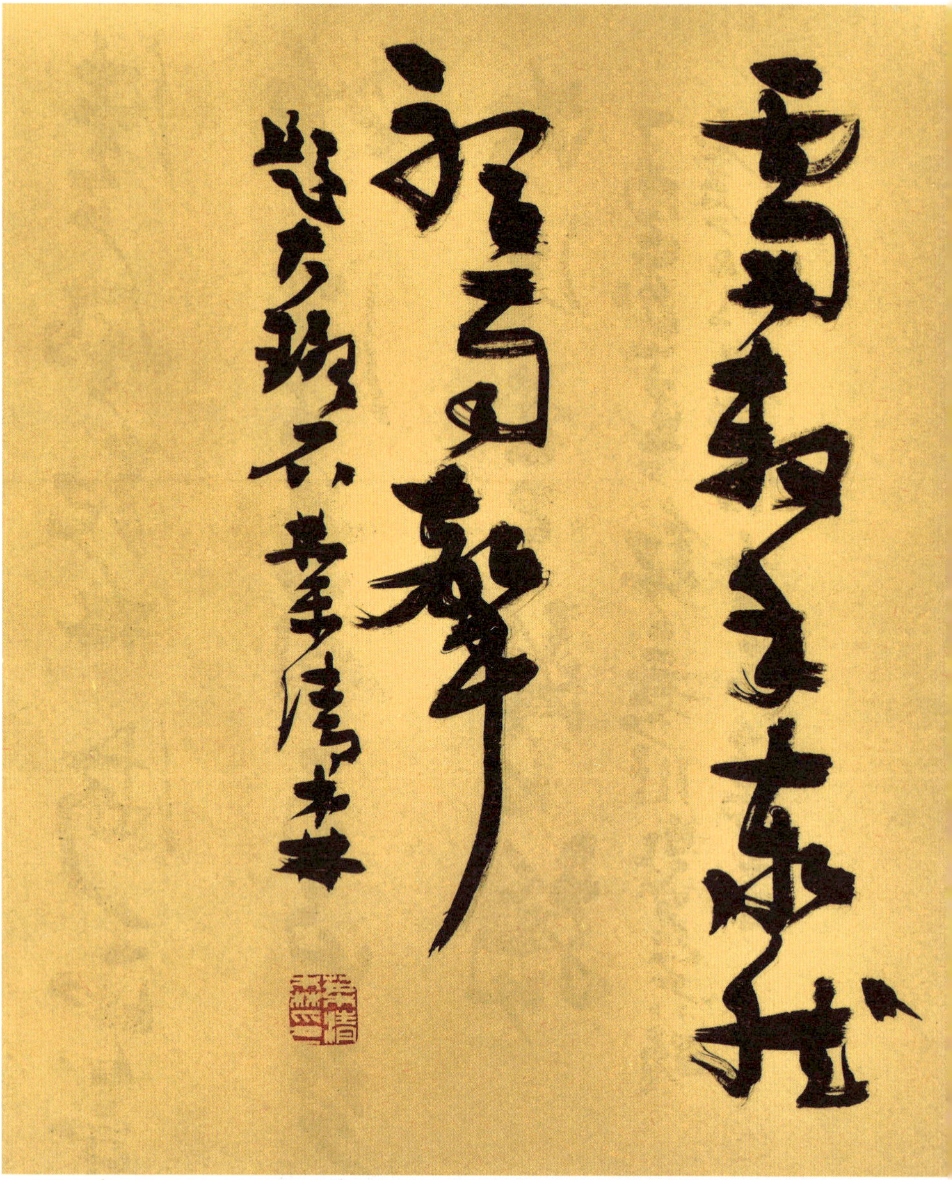

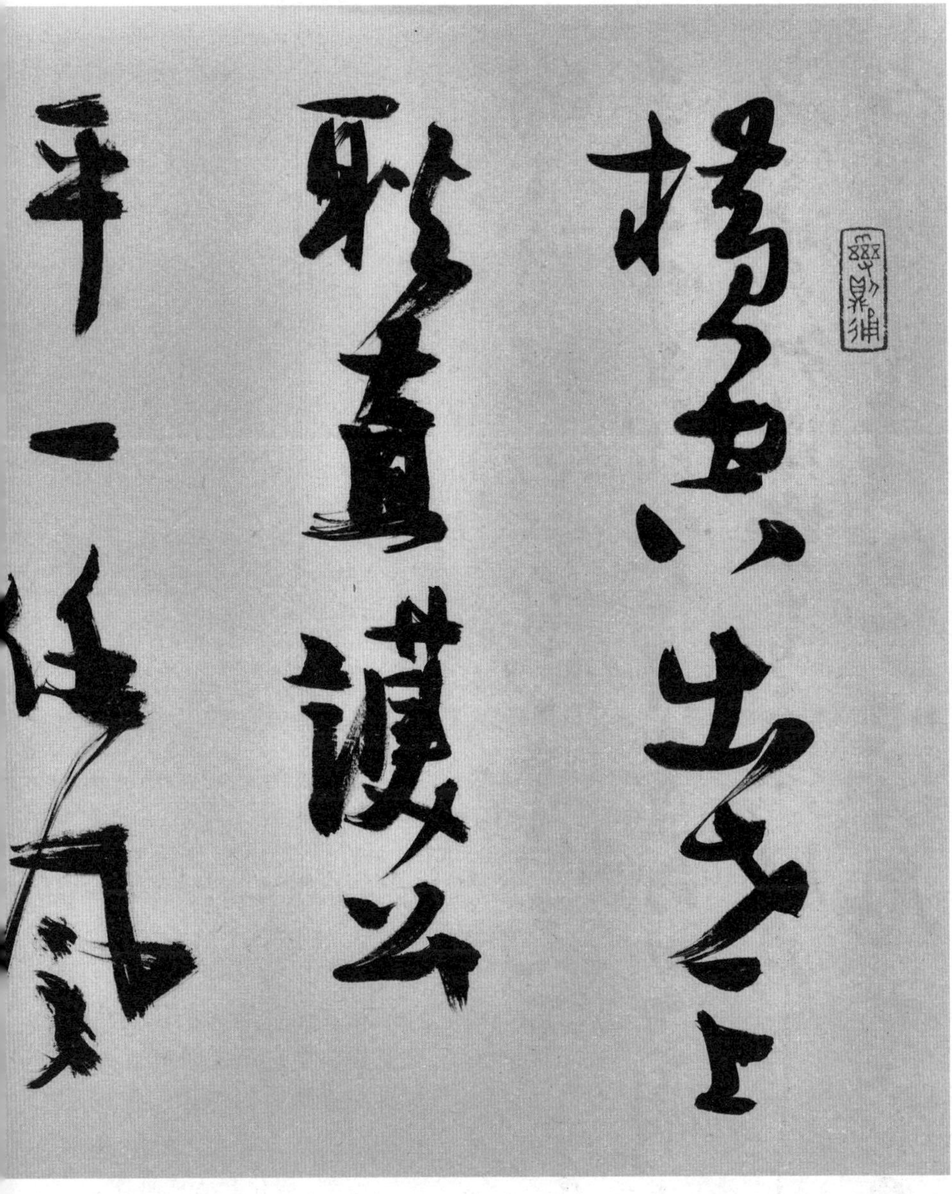

横空出世上，耿直护公平。一任风雷击，泰然听雨声。

——题大斑石

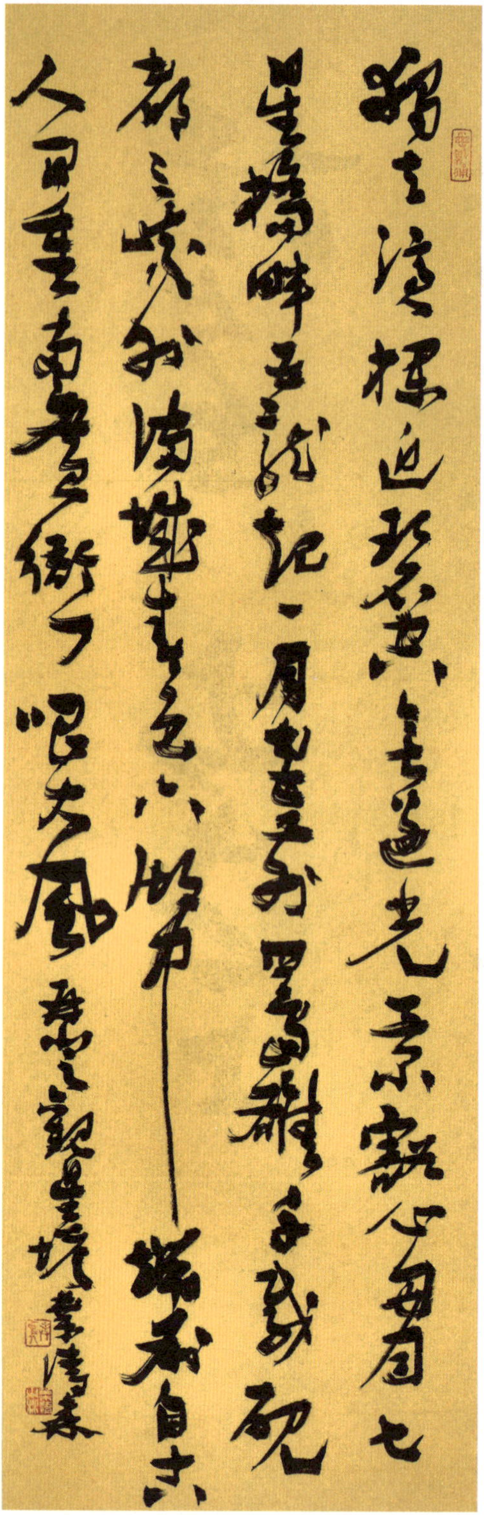

独立凭栏近碧空，无边光景豁心胸。七星桥畔五龙起，一月宫前四岛雄。千载砚都（洲）三峡外，满城春色六湖中。端州自古人间重，两广衙门唱大风。

——再登观星塔

目 录

沁园春

（2017 年 2 月 24 日）

沐浴唐风，

熏陶宋韵，

始自孩童。

效青莲俊逸，

东坡豪放，

乐天平易，

摩诘图融。

数十春秋，

徘徊门外，

胡乱涂鸦似醉翁。

强颜耳，

试班门弄斧，

请教诸公。

最怜河美山雄，

五千载文明灿若虹。

喜小桥寄兴，

大江动魄，

史传励志，

古迹寻踪。

毫起风云，

字生雷雨，

倒海翻江舞巨龙。

漫漫路，

看碧湖拥翠，

丽日方东。

卷一　五言律诗

上学首日答师问

（1964 年 9 月 1 日）

我们村有个好传统，就是孩提时代，长辈便教读书识字和吟诗作对，少长赋和、对对子的情景随处可见。因此，上学前很多小孩都会写诗和对对子了。例如，我思永三伯父，六岁时便用“篱边菊映黄”对长辈出的上联“岭上梅开白”。七岁时，其父便带他到邻村为人家写春联。字的平仄、诗词的格律，我在儿时就基本弄懂了，当时背熟的诗词和对联现在还记忆犹新。我学习诗词对联的启蒙老师主要是我父亲、捷林伯父和达邦五公。捷林伯父、达邦五公又分别是我读小学一至四年级和五年级的老师。上学的第一天，捷林伯父问我：“乖不乖，中唔中意返学呀？”我根据以往的经验，猜测他不是要我口头回答那么简单，便随即从书包里取出字簿和笔写下此诗呈上。他一看，高兴得把我抱到了他的大腿上，一个劲地称赞和抚摸我的头。此情此景，五十余年后仍如昨日。诗虽稚拙，但真情实感，特把它录下，以寄托对捷林伯父和达邦五公的深切怀念。

伯父多才智，我今从教之。
倪宽耕亦读，孙敬学如饥。
既不擂泥仗，又无攀树枝。
守诚行祖训，做个好男儿。

参观重庆红岩村 13 号

（1974 年 8 月 3 日）

绿荫山坡上，三层一小楼。
南方开渝地，八路拾金瓯。
右侧装铃踏，大门遮敌眸。
豺狼魔爪下，我党写风流。

注：1938 年 10 月，日本侵略者占领广州、武汉，国民党政府迁都重庆，中国共产党为继续从事统一战线工作，派出中共代表团前往重庆，建立了以周恩来为书记的中共中央南方局，当时南方局和八路军驻重庆办事处都设在红岩村。1945 年，毛泽东同志从延安至重庆与国民党进行谈判的 43 天内，也住在红岩村 13 号。为适应在敌特包围中斗争的需要，右侧传达室装置了脚踏电铃，以便在紧急时向内部发出通知；传达室门后掩蔽着一个通向二楼的小门，大门开时，即掩了小门。

黑龙江太阳岛

（1976 年 7 月 15 日）

水阁连苍宇，玉桥横碧波。
青云伴游鹤，绿草戏浮鹅。
积雪亭边少，残冰岸上多。
乘兴挂帆去，荡出一船歌。

吉林长白山

（1978 年 10 月 1 日）

天池连玉宇，脊雪挂浮云。
烈瀑崖边下，狂风树隙伸。
飞沙填坎壑，走石动昏晨。
一扫尘埃去，山川气象新。

青海湖

（1979 年 7 月 18 日）

抛镜成湖泊，思乡公主情。
天鹅因此舞，水鸭感之迎。
瑞雪甘当伴，和风乐送行。
自然解人意，相惜亦相荣。

注：相传 1000 多年前，唐蕃联姻，文成公主远嫁吐蕃王松赞干布。临行前，唐王赐给她能够照出家乡美景的日月宝镜。途中，公主思念起家乡，便拿出日月宝镜，果然看见了久违的家乡长安，不禁泪如泉涌。然而，她突然记起了自己的使命，便毅然决然地将日月宝镜扔了出去。没想到那宝镜落地时闪出一道金光，变成了青海湖。

九寨沟

（1982 年 10 月 11 日）

调尽人间色，难描九寨沟。
春花铺绿野，夏雨抹清流。
秋树山丘赤，冬湖冰雪浮。
画图哪能尔，七彩亦含羞。

敦煌莫高窟

（1984 年 5 月 1 日）

前秦建元始，延续愈千年。
幅幅壁图美，尊尊坭塑妍。
文明南北合，气息古今连。
艺术神圣地，中华多俊贤。

注：莫高窟始建于前秦建元二年（366），止于元代。其间，两汉以后从长期分裂割据走向民族融合南北统一。

葫芦岛兴城古城

（1986 年 8 月 13 日）

西进咽喉地，东通枢纽关。
石坊雄峙立，文庙古幽闲。
袁氏驱清将，祖公锄贼奸。
钟楼如有性，应载史斑斓。

注：袁氏，即袁崇焕。明天启六年（1626）和明天启七年（1627），明守将袁崇焕以不足两万兵力击败努尔哈赤和皇太极的两次进攻，史称“宁远大捷”。祖公，即明朝镇守辽西重镇的大将祖大寿、祖大乐兄弟。城的南边有祖大寿“忠贞智胆”旌功牌坊，北边有祖大乐“登坛骏烈”旌功牌坊。辽圣宗统和八年（990）始称“兴城”，明宣德三年（1428）明政府赐名“宁远”，民国三年（1914）重新启用“兴城”之名，沿用至今。

新疆天山天池

（1987 年 10 月 3 日）

天镜浮空出，泉光铺地来。
树衔脊梁近，风起石门开。
峡啸湖山动，谷哮冰雪堆。
欲寻王母去，拾级上瑶台。

注：传说 3000 余年前穆天子曾在天池之畔与西王母欢筵对歌，故“天池”又名“瑶池”。

秦皇岛

（1988 年 7 月 21 日）

海天自相接，银浪涌长空。
石碣临滨渚，门辞掩草丛。
润芝挥笔健，魏武着鞭雄。
放眼寰球小，千年一梦中。

注：秦皇岛碣石上有《碣石门辞》，为秦始皇作，李斯刻。润芝，即毛泽东。毛泽东《浪淘沙·北戴河》有“秦皇岛外打鱼船”“魏武挥鞭”句。魏武，即曹操。

宁夏六盘山

（1993 年 5 月 1 日）

天然美如画，要数六盘山。
微雨漫葱树，轻风起绿湾。
流泉幽涧静，峭壁野花闲。
月色才初露，虫声伴鸟还。

观香港回归电视直播

（1997 年 7 月 1 日）

香江欢乐夜，举国庆回归。
一洗百年耻，多添四海祺。
紫荆花吐蕊，红磡馆扬眉。
犹忆邓公语，严辞退泼夷。

注：1982 年 9 月 24 日，邓小平就香港回归问题对来访的英国首相撒切尔夫人说：“中国在这个问题上没有回旋余地。坦率地讲，主权不是一个可以讨论的问题。现在时机已经成熟，应该明确肯定：1997 年中国将收回香港。就是说，中国要收回的不仅是新界，而且包括香港岛、九龙。”

登武汉黄鹤楼

（1999 年 1 月 1 日）

黄鹤何方去，我今登此楼。
抬头碧空近，纵目大江流。
崔颢题诗在，青莲泼墨留。
烟波帆影里，隐约见飞鸥。

衡山行

（1999 年 3 月 27 日）

雾里游南岳，雨中观镜台。
白龙底下过，铁佛上边来。
狮子迎宾至，麻姑送客回。
仙踪处处有，一步一蓬莱。

注：衡山有磨镜台、白龙潭、铁佛寺、狮子岩、麻姑仙境等景点。

澳门大三巴牌坊

（1999 年 12 月 30 日）

浴火残墙立，沉浮录澳门。
东西融合壁，今古贯同根。
记载文明史，曾留血泪痕。
今天家国好，遗址胜花园。

注：澳门大三巴牌坊为圣保禄教堂遗址。始建于 1637 年，先后经历 3 次大火，屡焚屡建，直至 1835 年 10 月 26 日，最后一场大火将其烧得只剩下教堂正门的前壁。其建筑糅合了欧洲文艺复兴时期与东方建筑的风格，体现出东、西方艺术的交融，是西方文明进入中国的历史见证。

游宝鼎园

（2000 年 7 月 9 日）

葱茏连岭外，美景望中收。
古木参苍宇，微风起绿洲。
群鱼跃水面，众鸟逐云头。
鼎足湖山上，煌煌史迹留。

注：宝鼎园为鼎湖山新景点。

登厦门鼓浪屿

（2000 年 8 月 13 日）

狂风吹海立，烈日破云开。
绿树掩琴岛，碧波映炮台。
孤帆天际去，群鸟雾中来。
两岸无山隔，故人何不回？

注：鼓浪屿又称琴岛，炮台为郑成功所筑。写此诗时台海局势甚为紧张。

封开大洲五马巡城舞观后

（2002 年 8 月 6 日）

五马巡城急，两江涌浪寒。
失魂穷寇没，得胜将军还。
粤桂咽喉地，封梧肱股间。
壮哉千载去，正气满瀛寰。

注：“五马巡城”为当地自古流传至今的民间舞蹈，反映欢迎将军得胜回朝盛况，场面壮观，气势恢宏。“两江”即贺江、东安江，“粤桂”指广东、广西，“封梧”指封开、梧州。

封开大洲麒麟白马舞观后

（2002 年 8 月 6 日）

麒麟献瑞至，白马庆功成。
二水层层碧，三山叠叠青。
瀛洲漫土馥，竹寨满风情。
回首来时路，渔舟又起程。

注：相传两广第一状元莫宣卿中状元后，上门说媒或许嫁者众，莫宣卿对爱情忠贞，不弃糟糠之妻，婉拒来者。皇帝得知后十分感动，特赐麒麟、白马以佑，莫宣卿却用之佑乡民。宋初，乡民将此事编成舞蹈表演，传承至今。二水为贺江、东安江，汇于瀛洲经封川入西江，瀛洲竹寨屹立其间。

莫宣卿祠堂

（2008 年 7 月 3 日）

背枕南山石，前朝笔架峰。
雏时放牛仔，少岁状元翁。
别驾台州任，学风乡里浓。
一挥千载去，才俊出无穷。

题端砚

（2009 年 10 月 22 日）

云润端溪水，砚含白石情。
起承唐武德，传播世文明。
昔日精工少，今时俊杰宏。
放怀天地阔，北岭正风清。

怀岭行

（2011 年 6 月 8 日至 9 日）

怀岭者，怀集也。历史悠久，文化厚重，风光旖旎，骚人墨客吟咏者众。辛卯仲夏，趁晴雨之隙，偕可晃、海阳、道宇、上洲诸兄前往采风，兴之所至，相互酬唱，得五律两首。

红霞湾

未进牌坊内，先闻流水声。
红霞云后出，绿树壁前倾。
牛迹天生就，龙床地造成。
欲归鱼又逗，古道鸟相迎。

下帅少数民族乡

村嵌林丛里，人行云雾中。
坭房成旧忆，砖舍绽新容。
衣着多花样，言谈有古风。
爷孙争读报，其乐也融融。

云山里印象

（2011年6月23日）

云山里者，竹乡西北崇山峻岭之小村庄也。古木参天，苍翠欲滴，桥与田野相衬，溪与流泉共唱，虫鸟和鸣，云雾缭绕，几块石壁错落裸露于山腰，殊为奇观。可晃、弘健、曙光兄云，此乃集岭南山形地貌之大成者，堪为画家理想之写生地。伟刚兄顾不上少憩，铺纸研墨，专注写生。道宇兄举起相机，拍个不停。人醉图画里，岂不痴乎？

（一）

村座山冈上，砖房错落间。
牛羊时出没，猪狗偶相还。
古树犹苍翠，新桥缀绿颜。
忽闻童稚语，大婶到前弯。

（二）

清溪何处出，四面是青山。
石谷横田埂，篱边露卉斑。
村姑追兔急，城伯逗牛闲。
误入农家去，房门竟不关。

（三）

云飘山坳里，石兀草丛中。
乍看疑图画，骤然觉有风。
流泉伴归鸟，静树听鸣虫。
欲到峰峦上，溪前雾几重。

贵州行吟

（2011 年 7 月 3 日至 6 日）

贵州自然风光优美，文化历史厚重，红色景点荟萃。辛卯仲夏，值庆祝建党九十周年之际，与各县（市、区）文联及协会主席前往采风，接受革命传统教育，感慨良多，得五律五首。

娄山关

天险一雄关，傲然云海间。
北钳巴蜀峡，南控桂黔山。
顶上壕垒乱，腰中弹痕斑。
放眸无鸟迹，只有晚霞还。

遵义会议会址

普通一幢楼，改写我神州。
转折开新宇，沉浮系小舟。
四番渡赤水，万里展鸿猷。
记取当年事，为民幸福谋。

黄果树瀑布

岩壁穿天宇，银河泻激流。
彩虹跨曲岸，碧浪弹空篌。
石隙虫声悦，林间鸟迹幽。
欲登山坳处，蓦地见闲鸥。

屯堡古镇

炊烟七百载，雨打石墙残。
衣着留明式，言谈遗古叹。
还神双六节，赶集百千摊。
男女对歌去，争看爬竹竿。

黔灵公园

翠绿成屏障，贵阳第一峰。
湖边鱼戏水，路侧鸟鸣虫。
古洞寻龙窟，灵猴觅果踪。
飞泉出何处？薄暮几声钟。

内蒙古诗稿

（2011 年 7 月 19 日至 24 日）

2011 年 7 月 19 至 24 日，与市政协同仁赴内蒙古考察，是时气朗风清，所到之处绿草如茵，碧空如洗，牛羊点点，马蹄声声，更有古寨奇朴，湖天相接，美不胜收，不禁诗思泉涌，信笔写下五律三首。

呼伦贝尔草原

草漫天边去，马从云隙来。
牛临绿水澈，羊跑碧空开。
鹰鹭随风去，鸭鹅同道回。
自然多写意，人类事堪追。

额尔古纳河畔

木刻楞民宅，风霜近百年。
人行古道上，马驻破栏边。
两国河分隔，一帆云共牵。
中俄好兄弟，同谱太平天。

呼伦湖

葱茏草原上，蓦地见澄湖。
云自天边起，风从岸侧呼。
亭中游客少，马背牧人孤。
忽觉丝丝语，抬头掠稚凫。

湘行拾粹

（2011年9月29日至10月6日）

湖南文化厚重，风光秀美，民风淳朴，真可谓山好水好人更好。国庆期间，挈妇将雏赴湘作文化之旅。9月30日，承蒙常德市文联王军杰主席、胡振宇书记、殷习清副主席、叶建华纪检组长、刘琼华副秘书长等领导热情接待，并同游桃花源。虽细雨霏霏，然游兴甚浓，睹物追史，欢声笑语盈于廊道。晚宿桃源，得到桃源县文联李方锋主席、冯学军书记安排，幸会宏忠、安军、仁春、友清诸君，泼墨挥毫，品茗谈诗，其乐融融。10月1日上午，到三阳镇杨家岭石牛山小住两天。3日上午，驱车至武陵源并会晤武陵源文联主席胡少丛。下午雨歇雾稀，远山近水平添几分诡秘，参观黄龙洞。晚饭后乘车游览武陵源城区。4日上午，参观天子山，饭后观看大型文艺演出“印象张家界”。5日晚在长沙与郛邦生、饶暇浩老师聚会。友情之深海不可比也！几天见闻，随行拾粹，得五律五首。

桃花源

寻源属秋日，雨亦带桃香。
陶令奇文在，渔人雅事扬。
飞桥水烟暖，古洞草风凉。
行到残棋处，尘嚣已尽忘。

武陵源城区

昔岁山沟上，今时崛美城。
河清环绿岸，野翠接青屏。
日里人车拥，夜间灯火明。
地偏何所惧，路正自功成。

黄龙洞

缓慢登坡去，悠然见洞天。
河流通海角，瀑布出崖巅。
百步云梯接，千丘田亩连。
神奇眼中景，陶醉不趋前。

天子山

峭壁凌云插，悬崖拱月台。
四门水绕过，十里画铺开。
石寨垒溪泮，神堂净俗埃。
登临高阁上，梦幻万般来。

柳叶湖

湖面何其大，放眸难到边。
人行栈道上，鱼跃钓竿前。
柳叶闻黄鹤，篷船逐紫烟。
刘公词句妙，赋得雨晴天。

注：刘公指唐代诗人刘禹锡，据说其《竹枝词》：“杨柳青青江水平，闻郎岸上踏歌声。东边日出西边雨，道是无情却有情。”系贬朗州（今常德市）司马时写于此。

五律两首

（2011 年 10 月 17 日）

2011 年 10 月 17 日，市委宣传部组织所属单位干部职工乘船前往高要紫云谷和鼎湖天湖生态村考察，是时天高气爽，江风习习，山色如洗，物我相望，不禁诗思骤起，吟成五律两首。

西江游

舟行天地外，鱼跃水云间。
两岸清风起，众山绿浪翻。
时闻号子响，偶见钓翁还。
放眼前程远，提防有险滩。

紫云谷

洞口山腰露，水盈为老坑。
清溪鸣绝壁，绿草发微声。
野径行人少，荒林飞鸟惊。
欲寻苏轼迹，幽处白云生。

柳州诗札

（2011 年 10 月 24 日至 26 日）

辛卯深秋，偕书画文学家十余人赴广西柳州作文化交流。柳州厚重的历史文化，优美的自然风光和浓郁的现代气息，令予感慨万千，信笔写下五律三首。

登鱼峰

拾级登峰顶，周边迥不同。
壶城浮曲水，虹影贯长空。
田野环山翠，群楼拔地雄。
应为柳刺史，江雪化春风。

注：柳州又称壶城。唐元和十年至十四年（815－819），柳宗元任柳州刺史，期间曾写下《江雪》诗："千山鸟飞绝，万径人踪灭。孤舟蓑笠翁，独钓寒江雪。"

柳侯寺

寺畔溪声脆，林间鸟语喧。
衣冠冢犹在，荔子碑尚存。
四载为官禄，千秋获众尊。
今天从政者，几个事流传？

注：荔子碑又称三绝碑，由苏轼书写，内容为韩愈祭祀柳宗元所作的《柳州罗池庙碑》中的《享神诗》。柳事、韩文、苏书集于一碑，文坛逸事也。

程阳八寨

错落山坡上，相望吊脚楼。
廊桥御风雨，溪壑接田丘。
竹管乐声悦，村姑歌舞优。
依然纯古韵，野径觅源头。

赠影友，为市摄影作品集题

（2012 年 1 月 3 日）

穿行风雨里，寻觅白云间。
山水怜匆影，冰霜抚笑颜。
城乡多喜事，尘世几辛艰。
镜小乾坤大，洋洋见一斑。

雾中望星岩

（2012 年 1 月 8 日）

景色呈深浅，朦胧恍梦中。
玉屏倚石室，天柱护蟾宫。
烟树笼湖岸，渔舟载雾风。
怡然心渐远，物我两相容。

辛卯冬日偶得

（2012 年 1 月 10 日）

冬时仍未过，春讯已来临。
北岭清风爽，西江绿水深。
星湖鲤忙碌，岩树鹤闲吟。
忽见惊鸿起，歌飘栈道林。

夜星湖即景

（2012 年 1 月 15 日）

华灯湖闪烁，仿佛涌繁星。
鲤跃漪涟细，鸟归枝叶轻。
歌从桥侧起，舞在曲中更。
疑入神仙境，依稀见玉屏。

家乡除夕

（2012 年 1 月 22 日）

闾巷楹联艳，灯火耀夜空。
烧香拜神佛，放爆震山冲。
户户看春晚，人人绽笑容。
丝丝雨不歇，润物伴和风。

雨后星湖

（2012 年 2 月 5 日）

雨后苍山近，周遭气象新。
黄鹂鸣翠柳，白鹭衔青云。
绿道轻烟绕，澄湖薄雾熏。
暗香疑有雪，偶遇赏花人。

游凤凰古城

（2012 年 4 月 29 日至 30 日）

凤凰古城位于湘西边陲，四面青山，江水环绕，历史悠久，文化厚重，名贤辈出，民族英雄郑国鸿、正气凛然巡抚田兴恕、乡上文学之父沈从文、民国总理熊希龄均生于斯长于斯。画坛鬼才黄永玉亦长于此。壬辰初夏，挈妇将雏畅游其间，适逢蒙蒙细雨，更添诗情画意，得五律三首。

吊脚楼

层楼吊江岸，相望话兴衰。
朝送鸟飞去，夕迎鱼返回。
雨中添画意，雾里亦诗材。
品茗虹桥上，浑然从古来。

泛舟

行舟顺流去，美景一望收。
拔地凌云塔，临江吊脚楼。
青山围四野，碧浪拍孤洲。
号子骤然响，惊飞树上鸠。

沈从文故居

城中深巷里，四合院清幽。
天井陈缸水，厢房列砚瓯。
狼毫汗渍在，手稿墨香留。
忽念大师去，怆然涕泪流。

陕行偶得

（2012年5月29日至6月1日）

壬辰仲夏，值毛泽东在延安文艺座谈会上的讲话发表70周年之际，偕30余位文艺家赴陕西采风，得五律三首。

延安

三山相峙立，二水汇融通。
窑洞留朗月，会堂遗晓风。
新城围翠野，宝塔耸苍穹。
谁扭乾坤转，救星毛泽东。

注：“三山”即宝塔山、清凉山、凤凰山，“二水”即延河、汾川河。

壶口瀑布

滚滚黄河水，于斯只一壶。
长虹横两岸，狂瀑起宏图。
仰看如天落，俯观疑地铺。
凭栏峭壁上，俗念一时无。

兵谏亭

独立高坡上，深明大义伸。
同心驱日寇，合力聚军民。

无奈萁燃豆，堪悲国陷沦。
临危进兵谏，换取绣山春。

注：兵谏亭位于骊山腰，骊山又名绣岭。

家乡中秋夜

（2012年9月30日）

山村才入夜，玉兔已东升。
杨柳栖归鸟，池塘潜宿鲮。
烟花红烛艳，月饼绿茶馨。
抬眼苍穹近，顿生千里情。

七星岩

（2012年10月9日）

天湖无线合，榕柳自屏封。
绿道行闲客，青山接远空。
老翁垂钓处，稚子觅游踪。
野鸟鸣烟雨，清风万类融。

鼎湖山

（2012 年 10 月 10 日）

晨曦抹林表，雏鸟喜相欢。
古寺闻僧语，幽溪听水弹。
枯藤缠青石，薄雾漫苍峦。
野径无尘迹，地偏心自宽。

山寨

（2012 年 10 月 14 日）

时属深秋夜，柴门倚树开。
举杯邀皓月，泼墨上嵩台。
却话桑麻事，尤怜俗世埃。
平明返房去，一觉到蓬莱。

小溪

（2012 年 10 月 15 日）

鱼虾相戏逐，雏鸟欲相侵。
终日无停息，常年有照阴。
排污不藏垢，聚翠尚清音。
静淌深山里，却连天地心。

冬日星岩五题

（2012 年 10 月 18 日）

肇庆七星岩似乎未适时令，虽属冬日，但仍呈春色。此真乃有仙气耶？是日造访，偶得五题。

登天柱岩

早上闲无事，缓登天柱岩。
高风乱稀发，薄露湿单衫。
石室青云护，玉屏绿树衔。
尘心何所寄，悠悠一白帆。

行舟星湖

行舟碧湖上，宛若逛青天。
鲤跃清波里，凫飞绿柳前。
欢歌盈水面，笑语溢篷巅。
一任风吹去，管他飘哪边。

游仙女湖

仙女居何处，七星湖水清。
苍烟笼古洞，绿草戏雏莺。
卧佛眠风雨，斜阳抹柳荆。
闲心逐黄鹤，一并白云行。

谒千年诗廊

寻幽湖奇洞，无意到诗廊。
上接三余丈，周围数十方。
行文涉当代，勒石肇于唐。
自古为民者，名声百世芳。

访桃花岛

四周环碧水，错落树参差。
人面知何去，湖光寄妙思。
刘郎可安好，叶氏尚相宜。
应信春来日，漫山花满枝。

海南拾贝

（2012 年 10 月 28 日至 31 日）

深秋琼岛，热浪渐退，风光旖旎，气候宜人。市政协率部分委员赴之考察，余同往，遇台风暴雨，风情别致，得五律三首。

登五指山

登山循古道，清气袭吾怀。
雨滴苍苔滑，风临绿树叉。
蚂蟥欺外客，蜥蜴挡前阶。
欲沐巅峰翠，再攀三道崖。

天涯海角

古人无甚识，水岸作天涯。
海角阴晴换，石头错落排。
金沙迷老少，银浪溅衣鞋。
都怨崖州令，乱题牵客怀。

观海

无涯共天色，远处涌浮云。
倏忽狂风起，瞬间烈日曛。
惊涛开又合，暴雨聚还分。
人生何所似，微弱水中纹。

封开忆旧游

（2012 年 11 月 26 日）

封开曾为广信县治 380 余年，被称为岭南古都，又是国家地质公园，有“美在封开”之誉。近日忽忆旧游，得五律五首。

广信塔

三江海曲上，高耸入云天。
武帝布恩信，文魁育俊贤。
岭南曾首府，域北乍前沿。
古韵笼荒野，幽思逐浪烟。

杨池古村

龙飞丰寿岭，宝鸭下莲塘。
神象守溪口，犀牛献吉祥。
幽深四书宝，宽广两钱庄。
石夹棋杆在，人才遍四方。

千层峰

翠拥穿云出，千层入太清。
闲猴坐危石，野鹤戏残荆。
日色疏风冷，山岚窄道盈。
五松何处是，隔岸听涛声。

广信河

不知源哪处，只见水清清。
梨树稚虫噪，杏花雏鸟鸣。
麒麟岸上望，白马路边迎。
欲到农家去，斑石向天横。

黑石顶

四顾皆眸下，置身疑九霄。
云飞千壑合，风起众山摇。
似觉惊雷过，如闻暴雨飘。
何来沧海水，万里涌狂潮。

乡行八咏

（2013 年 5 月 16 日）

山中

苍苔断崖壁，倒挂半棵松。
枝上栖游鹤，溪边睡钓翁。
微风拂残袖，薄雾抚慈容。
寻觅登舟处，云深隐水踪。

野渡

荒野断桥侧，孤舟空自横。
红花随水去，绿草傍涯生。
不见旧时燕，却闻深树莺。
欲投茅舍宿，隐约有人声。

小桥

横架清溪上，几根粗老松。
朝迎早出妇，夕接晚归翁。
风雨侵肌体，冰霜损面容。
从来不图报，静听水淙淙。

榄冲

百年一遇雨，倏忽未时晴。
碧水回环抱，青山拱护迎。
蟒蛇出洞喜，狮子滚球亨。
处处风光美，普天同太平。

注：榄冲有蟒蛇出洞、狮子滚球等景。

山村

绿涌清溪口，山村夏亦春。
堂前穿紫燕，檐外护青云。
老叟扶犁乐，稚童学耙欣。
无虞缘地僻，借此避风尘。

茅屋

岭上一茅屋，白云侵半间。
人知何处去，犬见草丛还。
门向南虚掩，窗朝北不关。
寻思入寄宿，权且好偷闲。

访友

闻说儿时友，耕山结草庐。
平明寻访去，半夜未思居。
酒洗沧桑事，言痴景物虚。
一如头上月，胸臆没边隅。

送别

方才送友去，树下独沉思。
花落浑无觉，鸟来全不知。
江中暗礁险，境外故人稀。
明岁萋萋日，别忘相约期。

名城十咏

（2014年5月1日）

肇庆名城，历史悠久，文化厚重，生态良好，风光秀丽。值肇庆荣膺“历史文化名城”称号二十周年之际，特作十咏。

星湖绿道

环湖沐苍翠，咫尺七堆山。
既集公园雅，又添波海颜。
人行图画里，鹤舞水云间。
待到华灯上，歌飞伴月还。

端州华南智慧城

松阴龟顶下，崛起一新城。
科技当推力，人文作引擎。
和谐孵业大，合作助功成。
恰似春潮涌，扬帆万里征。

鼎湖生态村

天湖浮绿野，潋滟鲤鱼肥。
竹木连苍宇，云霞恋翠微。
曾成阿秀怨，亦使水生痴。
欲问其中妙，翩翩白鹭飞。

四会玉器街

南北东西客，天光集市成。
轻声讨还价，细辨拣挑精。
缅甸虽然贵，和田亦不平。
人来车又往，买卖笑双赢。

高要广新生态园

昔日荒芜地，今时鱼米乡。
抬头瓜果艳，扑鼻菜花香。
才见猪牛逐，又闻鹅鸭嚷。
高空鹰鹭过，深草兔鸡藏。
铁马奔腾急，金龙飞渡忙。
木棚肴酒美，砖舍乐歌扬。

曲径清波映，斜丘碧浪凉。
风光无限好，景色胜苏杭。

广宁竹海大观

澄江环绿岸，翠竹播清风。
鸟语盈幽径，人声出远空。
荒圩凉旧铺，古渡冷孤篷。
正欲寻村宿，深林遇老翁。

德庆盘龙峡

白云生峡谷，瀑布挂苍穹。
栈道悬崖过，水车朝涧冲。
闲花薰醉客，野鸟噪眠虫。
所见无尘迹，几疑仙境中。

封开广信塔

南北三江汇，东西两广分。
初开布恩信，重建续风云。
波底灵珠孕，山中瑞气氲。
登临好高咏，一览四周春。

怀集六祖岩

祥云笼翠岭，好雨润烟村。
六祖开禅境，十年亲野猿。
千寻连太极，八卦布荒原。
人事今非昔，依稀圣迹存。

肇庆高新区

方圆数十里，企业属高新。
昔日经农者，今天从技人。
设施臻配套，服务至诚真。
借得东风便，欣欣满眼春。

筑行五题

（2015 年 9 月 15 日至 18 日）

随市政协考察团赴贵州省贵阳市考察，为其深厚的历史文化和优美的自然风光所感动，边行边写，偶得五题。

甲秀楼

楼自河中立，水从湾侧流。
深潭印星月，浮玉载春秋。
凤阁连天宇，鳌头冲斗牛。
俊贤相继出，甲秀誉神州。

注：甲秀楼曾改名为“来凤阁”。浮玉桥连接两岸。

阳明洞

厅房幽径接，背出后花园。
独自悟经道，聚群传国魂。
知行共根本，心理合流源。
三载沐清露，修来万世尊。

注：王阳明的哲学主体是“心本体论”，最重要的哲学观点是“知行合一”。陆九渊云：“人皆有是心，心皆具是理，心即理也。”

黔灵公园

天蓝湖水绿，猴鸟共相欢。
弘福钟声远，传禅觉路宽。
赤松云雾散，幽洞虎龙寒。
董老摩崖在，黔南第一山。

注：赤松为弘福寺开山鼻祖。麒麟洞曾囚禁过著名爱国将领张学良和杨虎城。董老，指董必武。有董必武题“黔南第一山”摩崖石刻。

天河潭

惊雷何处起？举目是青天。
飞瀑崖边挂，流泉洞口悬。
人呼山谷应，鸟出树梢翩。
忽忆吴滋大，轻披太古烟。

注：吴滋大即吴中蕃，是明末清初贵州著名诗人，曾长期在天河潭居住，写下不少美丽诗篇。其中有“轻披太古烟霞色，始遂当年泉石心”句。

青岩古镇

黔桂咽喉地，明清砖瓦房。
曾经为屯堡，又亦作铺塘。
暂住避强敌，长征令远方。
凭栏抚残壁，与共话沧桑。

注：古时驿站，传递官府文书的叫“铺”，传递军事情报的叫“塘”。青岩古镇曾作过红军长征作战指挥部，周恩来的父亲、邓颖超的母亲、李克农等革命前辈及其家属曾在此秘密居住过。

星岩吟月

（2015 年 11 月 26 日）

今值下元夜，骚人相唱酬。
诗吟天柱月，辞赋玉屏秋。
湖水澄胸次，岩光明俗眸。
举杯五龙渡，醉卧白云游。

题平凤大豪岩

（2016 年 1 月 1 日）

（一）

山间多巨石，形态各千秋。
神象沐清露，灵龟浴碧流。
风轻白云近，寺广紫烟稠。
何处觅仙迹，溪声伴鸟啾。

（二）

神奇偏僻地，平凤大豪岩。
坐石云侵袖，行山露湿衫。
观音藤自绣，佛寺雾常衔。
处处皆仙境，刘公信不凡。

（三）

灵神大云寺，耸立石泉间。
绿道通禅境，青灯映佛颜。

门前风自扫，殿上月常还。

欲涤尘心去，清清水一湾。

注：大豪岩为清代平凤人刘镇福开辟，状元、进士等投赠诗者凡六百余人，有木刻本《封川新辟大豪岩题咏录》四卷存世。

下帅二题

（2016 年 1 月 24 日）

乙未岁腊月十五日上午约十一时，从怀城挥春后赴下帅挥春和采风，适逢霰下雪飘，甚喜，得二题。

挥春

瑞雪飘飘下，挥春行进时。

才书安福贵，又写寿康祺。

大婶开心笑，老翁乐眼眯。

山区今胜昔，生活美如诗。

东西村

相思林秀茂，乱石印苍苔。
绿水穿桥过，青山抱寨来。
田园疏雨润，闾巷惠风吹。
问讯春消息，篱边一放梅。

题少锋兄赠报春砚

（2016 年 2 月 2 日）

壁上横空出，凌寒喜报春。
微风起萍末，细雨过江滨。
燕返泥巢旧，莺歌柳色新。
百花竞相放，清雅最迷人。

星湖晨景

（2016 年 2 月 16 日）

星光才隐去，月色落山峦。
欲雨云脚湿，经风湖面寒。
黄鹂绕荆出，紫燕隔榕看。
垂钓老翁早，乍惊沉睡鳗。

游清远太和古洞

（2016 年 12 月 15 日）

仰望太和洞，苍茫云雾深。
清溪咏奇石，绿草闭荒林。
迷入寺边径，惊飞树上禽。
莫非是仙境，万籁涤尘心。

夜读二首

（2016 年 12 月 24 日）

（一）

月挂池边柳，星悬石上亭。
临窗读孤本，滴漏过三更。
唐宋风云涌，明清波浪惊。
太平不常见，万事有枯荣。

（二）

夜幕天外落，星群岩上堆。
月光恋诗卷，花影抹书台。

迷眼孤烟直，欢心百卉开。
凝思古来事，宇里问兴衰。

游羚羊峡古道有感

（2017 年 1 月 3 日）

道顺江边绕，人从树底行。
残碑字斑驳，古渡草荒凉。
往昔船夫苦，昏晨外客惶。
纤痕问不应，手抚自思量。

游春

（2017 年 1 月 31 日）

游春涧边去，树上鸟声频。
疏影未曾见，暗香已先闻。
迷人石桥古，拂面柳条新。
何故寻无着？应该在近邻。

题壁缝小树

（2017年2月4日）

午后行七星岩，至洞前，见一小树从半壁缝中横出，适雨，即题此记之。

横斜壁缝出，撑起玉屏天。
野鸟常来顾，闲云偶抱眠。
身悬无底洞，头枕半空烟。
何惧风和雨，雷轰亦泰然。

访上埌耕山学友黎君

（2017年2月18日）

云栖檐外树，花映涧边篱。
夕照疏林冷，夜临初月移。
举杯浇旧梦，提笔赋新诗。
耕者何其乐，工余酒与棋。

乡行

（2017 年 2 月 18 日）

（一）

乡间风物美，雨后白云生。
路尽循溪去，水穷离筏行。
夜临林愈密，月出径重明。
何处可栖宿，远方闻犬声。

（二）

农家渐入夜，鸡鸭自归笼。
花恋窗前月，枝摇檐外风。
停杯时教子，放筷偶谈工。
终日事南亩，情融山水中。

题端州

（2017 年 2 月 22 日）

端州无限美，仙境最迷人。
舟载星湖月，亭飞天柱云。
玉屏八音古，石室七岩神。
杨柳不知趣，四时皆作春。

卷二　七言律诗

上鼎湖山

（1996 年 3 月 18 日）

结伴悠然上鼎山，攀崖跃涧乐休闲。
才将飞水化春雨[①]，又驾庆云扬彩幡[②]。
荣睿传文清浊世[③]，逸仙泼墨洗尘寰[④]。
莲花盛放千峰秀[⑤]，正气长存天地间。

注：①、②飞水潭、庆云寺是鼎湖山著名的景点。③荣睿为日本高僧，公元 733 年入唐留学，公元 750 年圆寂于鼎湖山。山上建有荣睿碑亭。④孙中山曾三临肇庆，1923 年 7 月下旬偕夫人宋庆龄等 10 余人到鼎湖山，在游览庆云寺、白云寺后书写了“众生平等，一切有情”条幅赠寺僧。⑤鼎湖山状若莲花，庆云寺的前身为莲花庵。庆云寺正门对联云：“莲花历劫香初地，云液飞泉响万峰。”

鼎湖山

（1996 年 3 月 18 日）

古乐悠扬响绿山，芳幽曲径惹情闲。
庆云寺上青烟绕，飞水潭中碧浪翻。
路鸟腾空林里窜，溪鱼翔底石旁湾。
瀑帘散落万千点，化作清风逐笑颜。

杜甫草堂

（1997 年 7 月 25 日）

杜甫草堂今若何，柴门依旧映清波[①]。
庭前古木连天碧，阶上新苔遍地多。
东壁青莲庐瀑壮[②]，西墙王宰蜀山峨[③]。
墨香浮动盈幽径，应是少陵把砚磨[④]。

注：

①杜甫《野老》诗中有“柴门不正逐江开”句。

②李白号“青莲居士”，有《望庐山瀑布》诗。

③王宰为唐代蜀中人，善画蜀山，杜甫有《戏题王宰画山水图歌》诗。

④杜甫诗中常自称为“少陵野老”，草堂内有“杜少陵”碑亭。

封开县江口职中二十周年校庆

（1999 年 9 月 1 日）

（一）

野岗远眺思悠悠，非复前时一废丘。
两代儒宗昌左传，廿年职校叠新楼。
园丁矻矻功劳著，学子孜孜德业修。
博士将军应笑道，封开今别有春秋。

（二）

野岗冷暖纪沉浮，岭海儒宗青史留。
廿载建园成大业，百年育李展宏猷。
欣闻豪杰遍天下，喜见俊贤踏浪头。
博士有灵应笑慰，将军后代续春秋。

注：封开县职业中学地名野矮岗，有将军博士墓。将军即陈钦，西汉末年为王莽的老师，王莽称帝后封其为“厌难大将军”，著有《陈氏春秋》（已佚）；博士即陈元，陈钦之子，著有《左传异国》（已佚）。汉明帝诏立《左传》，选出四位《左传》博士，陈元为其中之一。《广东通志》载：“陈元独能以经学振兴起一时，诚岭海之儒宗也。”

登天津盘山江山一览阁

（2001 年 10 月 27 日）

放眼晴空万里遥，江山一览彩云飘。
枫林莽莽红连宇，柏树苍苍绿接霄。
曲径芳幽溪草嫩，奇峰峻峭壁花娇。
天成圣迹依然在，袅袅钟声说旧朝。

注：盘山有“京东第一山”的美誉，从魏武帝曹操开始，不少君王都巡游此山，其中乾隆 31 次，留下了不少遗迹、轶事和传说。江山一览阁为乾隆与其替身和尚法海茶话的地方。山上有天成寺，为法海出家之所。

登青岛小鱼山一览阁

（2001 年 10 月 31 日）

登阁凌空览大潮，波澜壮阔接云霄。
渔舟点点形如叶，鸿雁行行状似桥。
海抱新城藏古韵，山环古郭露新娇。
风云人物昔非比，岂止弯弓射大雕？

参观甲午战争博物馆

（2001 年 11 月 2 日）

凭吊忠魂脚步沉，一时一事一揪心。
风雷激荡惊天怒，江海翻腾抗日侵。
平壤绿江神鬼泣，辽东金旅虎狼吟。
可怜提督断肠死，失败因由堪耐寻。

注：甲午战争发生于 1894 年，经历了平壤、黄海、鸭绿江防、金旅、威海、辽东之战。清政府软弱乞降，1895 年 4 月 17 日与日本签订了丧权辱国的《马关条约》。提督即丁汝昌，于 1895 年 2 月 12 日拒降而含恨服鸦片自杀身亡。

星湖春晓

（2002 年 2 月 8 日）

轻风拂岸野花菲，雾锁桥边锦鲤肥。
白鹭翩翩鸣翠柳，青蛙啯啯出红薇。
湖光潋滟星光远，山色空蒙月色稀。
应是蓬莱移此地，晨曦一抹露仙姿。

端州

（2003 年 3 月 23 日）

人间仙境是端州，秀丽湖山醉客游。
北岭云蒸腾细浪，西江霞蔚逐轻舟。
新楼新柳添新韵，古迹古榕怀古幽。
最喜华灯初上夜，泉歌星月竞风流。

登广信塔有感

（2003 年 4 月 20 日）

天然山水古城新，地质公园举国闻。
浪涌西江声胜曲，风流南岭史崇文。
唯求广信谐千里，更愿多恩惠万民。
盛世登斯堪回望，十三层塔势摩云。

黄山

（2003 年 5 月 15 日）

人说黄山云雨奇，我言晴朗亦如诗。
风吹绿草翻红叶，日照苍松入翠微。
万壑争雄飞鸟急，千岩竞秀落霞迟。
纵然梦笔任挥就，难写天仙荣景姿。

注：梦笔峰、天仙荣景是景名。

题杨池耕读人家

（2004 年 3 月 8 日）

杨麻宅第续新篇，池润人家好事连。
心旷神怡勤种果，身强体健爱耕田。
挥毫读卷崇先哲，说古谈今启后贤。
鲤跃龙门传喜讯，莺歌燕舞庆尧天。

贺肇庆名城与旅游发展研究会成立十周年

（2005 年 11 月 5 日）

潜心研究十周年，广纳良谋善建言。
古迹保存承古韵，新区开发谱新篇。
名城盛会齐惊叹，宋代残墙完整连。
喜看春光无限好，与时俱进创明天。

注：2005 年 11 月 5 日，国家历史文化名城 2005 年年会暨第 12 次学术研讨会在肇庆召开，并发表了《肇庆宣言》。

党校读书有感

（2006 年 6 月 28 日）

难得忙中再读书，山间党校胜家居。
老师授课引经典，同学钻研连课余。
考察参观赴江浙，观摩实践得珍珠。
时光不觉月余去，又上征途壮志抒。

峥嵘岁月

（2006 年 10 月 1 日）

值此中国共产党成立八十五周年到来之际，“忆往昔，峥嵘岁月稠”，倍感党的伟大、光荣与正确。感慨良多，爰乃赋诗，以为纪念。

党的第一次代表大会

南湖酷热蕴风雷，小小游船破浪开。
确定党纲铲封建，推翻帝制扫尘埃。
宣传马列扬真理，启发工人登舞台。
从此神州新气象，改天换地报春来。

建立井冈山革命根据地

直上罗霄越险峰，避强打弱孕雄风。
井冈合作开宏业①，砻市会师建伟功②。
五百连营烟雨里③，四番退敌笑谈中④。
光阴八五一挥去，祖国今朝春正浓。

注：①指 1927 年 10 月王佐、袁文才接受毛泽东的建议予以配合，使毛泽东在井冈山得以建立革命根据地。② 1928 年 4 月 24 日毛泽东与朱德在砻市会师。③绕井冈山革命根据地一周刚好 500 华里，有“五百里井冈”之称。④指粉碎敌人四次“围剿”。

遵义会议

"左倾"教条祸无穷，力挽狂澜盖世功。
易帅扬旗添壮志，矫偏纠错显豪雄。
长江天险凭飞越，云贵水汹任跃冲。
翻越雪山穿草地，长征继续沐东风。

新中国成立

推倒"三山"做主人，普天同庆国家新。
肃清残匪政权固，发展国营经济欣。
土改整风兼五反，建交抗美得多邻。
太阳冉冉东方起，强盛共和万代春。

十一届三中全会

神州大地一春雷，万紫千红吉庆回。
极"左"思潮霾雾去，中心建设浪潮来。
农村改革辟新宇，城市转机脱旧胎。
开放引资谋发展，安居乐业遍蓬莱。

纪念辛亥革命95周年暨孙中山诞辰140周年

（2006年11月5日）

辛亥革命

辛亥风雷醒国人，三民主义一时新。
驱除鞑虏旌旗奋，恢复中华壮志伸。
封建王朝清帝倒，武昌战事炮声频。
惜哉革命半途废，四海才清又起尘。

孙中山

翠亨百四十年前，帝象初啼惊夜天。
数次武装驱鞑虏，三民主义著新篇。
推翻封建王朝没，创立共和家国圆。
遗嘱谆谆情意厚，九州今日正春绵。

天柱岩放目

（2006年12月8日）

独立崖峰放目游，天然图画是端州。
西江浪涌出羚峡，北岭云飞笼虎丘。

帆影悠悠载月去，岩光熠熠逐星浮。
人间哪有这般景，引得七仙长此留？

天湖生态村

（2011 年 9 月 27 日）

日照天湖白鹭飞，水光潋滟鲤鱼肥。
葱茏竹木连苍宇，亮丽云霞接翠基。
此处曾成美人怨，于斯亦使俊男痴。
可怜阿秀相思泪，谁解水生看下棋。

登肇庆阅江楼

（2017 年 1 月 16 日）

阅江楼上阅江流，碧水滔滔帆影稠。
四塔凌空出云表，三桥跨岸踏潮头。
王莹建院会鸿学，叶挺挥师震九州。
抬眼长天悬丽日，古城处处展新猷。

游北岭山森林公园

（2017 年 1 月 17 日）

拨雾穿云上凤台，将军立马把门开。
两湖竞秀百花放，五塔争雄万象堆。
北斗七星横岭出，西江三峡抱城来。
乘风一跃天宫去，好助嫦娥丹桂栽。

再登观星塔

（2017 年 1 月 17 日）

独立凭栏近碧空，无边光景豁心胸。
七星桥畔五龙起，一月宫前四岛雄。
千载砚洲三峡外，满城春色六湖中。
端州自古人间重，两广衙门唱大风。

卷三　五言绝句

答达邦五公

（1964 年 9 月 3 日）

达邦五公听说我上学第一天写了一首诗回答捷林伯父的提问（见卷一五言律诗第一首），特到课室向我求证，我即搬来小板凳，取过粉笔，踏上去，在黑板写下此诗，以示作答。他看后，笑得前仰后合，以至于半秃的头顶愈发光彩照人。当然，他还是习惯性地频频轻拍我的小肩膀。

上学遵师道，五公严教之。
假如我偷懒，打脱几层皮。

封开黑石顶

（1973 年 7 月 16 日）

云从涧中出，雾向岭巅飘。
碧浪翻江去，奔腾到九霄。

注：封开黑石顶位于广东省中西部，为广东省自然保护区，属原始次生林，总面积 6.27 万亩，主峰海拔 928 米。王安石《泊姚江》诗有“山如碧浪翻江去”句。

题神猴看榜

（1983年5月12日）

金榜题名日，神猴狂喜时。
登台眯眼看，乐而竟忘归。

注：神猴看榜位于莫宣卿状元故乡封开县渔涝镇。唐大中五年（851），莫宣卿中状元时仅17岁。宣宗皇帝贺诗曰：“炎陬远地产奇才，突破天荒出草莱。神鲤跳翻三尺浪，皇都惊震一声雷。青云得路登高甲，黄榜标名负大魁。身着锦衣游帝里，何人不唱状元来。”

封开县江口镇

（1983年11月3日）

桥横南北岸，塔矗大江边。
二水环堤去，杏花醉客眠。

注：江口镇有杏花宾馆。

贺江

（1983年11月3日）

漾漾江流水，悠悠碧透云。
排污不纳垢，终久绿如茵。

家砚留题

（2002 年 6 月 8 日）

飞流辉北斗，碧树镇南瀛。
星月江山丽，人舟天地亨。

题松峰飞瀑图

（2003 年 11 月 18 日）

松苍生雾霭，峰峭入云天。
玉练掀风起，流泉涌白烟。

肇庆即景

（2003 年 7 月 8 日）

雨洗西江秀，云磨北岭神。
风吹湖水绿，浪打砚洲氤。

盘龙峡

（2005 年 5 月 25 日）

虫鸣山色褪，风送月光来。
影动惊归鸟，欲栖慌转开。

漫步桃花岛

（2005 年 6 月 4 日）

（一）

蝉声穿绿叶，蝶影抚人衣。
翠柳笼花径，轻舟逐鸟飞。

（二）

蝉鸣开绿道，湖漾起清风。
蝶影迷望眼，误侵花草丛。

西江诗社迎春团拜会口占

（2010 年 1 月 18 日）

西江添暖意，翰墨醉骚人。
今日群英会，诗坛喜赋春。

庚寅新春二题

（2010 年 2 月 14 日）

（一）

翠屏横北岭，碧浪涌西江。
又见南归燕，东风暖万邦。

（二）

放眼寰球小，神州处处春。
星湖矜峡秀，肇庆最宜人。

市书法家协会春茗即席口占

（2010 年 4 月 2 日）

肇庆风光好，书坛气象新。
挥毫翻墨浪，泼出满城春。

西江诗社成立十五周年纪念大会即席口占

（2010 年 4 月 16 日）

放眼河山秀，诗坛春意融。
月圆当十五，好唱大江东。

题佛手砚

（2010 年 10 月 10 日）

（一）

佛为智慧身，手巧若通神。
吉庆平安宅，祥和富贵人。

（二）

佛光铺万里，手力拔千钧。
若问何能尔，因缘涵乾坤。

（三）

佛手自天成，慈航度众生。
人人如所愿，岁岁好前程。

为封开廉政台历照片题诗

（2011 年 11 月 3 日）

大斑石

横空出世上，耿直护公平。
一任风雷击，泰然听雨声。

南丰乡贤祠牌坊

身兼三县令，两袖满清风。
德政传乡里，人称白包公。

莫宣卿

奇才出南粤，美誉满京华。
别驾台州府，为民为国家。

杨池古村

坐落山冲里，胸怀报国情。
勤耕兼苦读，世代重家声。

五马巡城舞

五马巡城急，山头鼓角鸣。
军民齐上阵，卫国保安宁。

北回归线标志塔

北回归线上，一塔耸云天。
唯证夏时至，从来不走偏。

龙山景区荷花

不染一丝尘，清香常袭人。
非为己所悦，唯教世芳芬。

千层峰五老松

扎根溪壁上，露水润心身。
头顶冰霜雪，肩挑风雨云。

麒麟山

最喜冰霜至，方呈洁白身。
浑然无俗气，原是玉麒麟。

贺江

无求也无欲，曲折亦欢欣。
四季清如许，蜿蜒载白云。

李炳辉故居

斯乃凤凰地，炳辉生此家。
枪声起辛亥，碧血洒黄花。

黑石顶

清风起林海，正气冲汉霄。
雨过碧如洗，长天丽日骄。

广信塔

汉初开粤地，恩信布千家。
塔直江风正，青天挂彩霞。

题炳标兄渔舟砚

（2012年9月28日）

无风芦苇动，隐约见渔舟。
浅浪才平处，悠然垂钓钩。

卷四　七言绝句

题再生枯榕

（1970 年 9 月 1 日）

嫩芽破土发新枝，枯木逢春何足奇?
他日浓阴擎广宇，引来百鸟竞芳姿。

题千年石上松

（1980 年 7 月 1 日）

石上千秋傲太空，迎霜斗雪战狂风。
遥知皮裂根衰老，却教残枝展嫩容。

题风筝

（1981 年 11 月 1 日）

忽忽飘飘高又低，顺风附势欲天齐。
霎时连线风吹断，失措仓皇直坠西。

题平凤烈士纪念碑

（1983 年 7 月 1 日）

平剪元凶锷未残，凤毛麟甲落青山。
烈民就义成忠骨，士节流芳壮宇寰。

贺江拾零

（1995 年 8 月 3 日）

苍松翠竹绕清流，小鸟肥鱼逐扁舟。
未见炊烟人语响，牧童岸上倒骑牛。

谒武侯寺口占

（1997 年 7 月 25 日）

一代名臣数武侯，鞠躬尽瘁展宏谋。
三分天下功难灭，八阵图成固万秋。

星岩雨后

（1998 年 7 月 21 日）

（一）

雨后云生隐翠峰，千姿缥缈幻无穷。
是谁引得七仙至？醉石犹酣睡阆风。

（二）

雨后云飞露半峰，湖清堤绿淡烟笼。
桥边问棹仙居处，天柱玉屏水月宫。

注：七星岩有水月宫、阆风岩、七星桥、天柱岩、玉屏岩。

封开县《斑石松》创刊五周年

（1998 年 10 月 1 日）

斑斓五彩世间稀，独石成山天下奇。
松老弥坚昭日月，好将沃土育新枝。

注：《斑石松》为封开老同志创办，集诗、书、画于一体。其

名由斑石景所得。斑石位于杏花镇，一石成山，高 191.3 米，长 1350 米，横断面 600 米，占地 1214 亩，顶上松树挺拔苍翠。《封开县志》载：“斑石，其石五色，故曰斑石。”

题砚都瑰宝

（2000 年 8 月 10 日）

书香墨馥满端州，北海东坡多唱酬。
谁割紫云扬国粹，砚都瑰宝写风流。

登封开刘王岗

（2000 年 10 月 18 日）

刘王岗为南汉王刘岩墓葬地，坐落在封开县城郊犀牛山海曲处，大龙山、虎鼻山左右对峙，西江、贺江、郁江汇合于前。

三江一统崛新城，虎踞龙盘寰宇清。
借问刘王何处去？犀牛海曲享升平。

登天安门城楼

（2001 年 10 月 1 日）

建国 52 周年登上天安门城楼，举目远眺，诗思泉涌，口占得之。

惊天动地一春雷，五二年前混沌开。
刹那环球齐瞩目，神州从此屹林魁。

青岛八大关

（2001 年 10 月 31 日）

一堤飞到海中停，半面扬波半面平。
最令游人陶乐处，弄潮垂钓枕涛声。

蓬莱仙境

（2001 年 11 月 3 日）

蓬莱仙境不虚传，难煞诗人无画笺。
信手拈来三两景，也教世上叹千年。

泰山

（2001 年 11 月 5 日）

拔地凌空气势雄，周边山壑似蛇虫。
独尊五岳谁堪比？破雾穿云唱大风。

参观河南大河村遗址

（2001 年 11 月 7 日）

大河村遗址位于河南省郑州市东北郊，为仰韶文化遗址，出土的“木骨整塑”房屋距今已 5000 多年。

仰韶文化此间寻，遗址长存贯古今。
源远流长深底蕴，中原人类溯钩沉。

赠同学

（2001 年 11 月 8 日）

2001 年 10 月至 11 月，到北京参加文化部举办的第十期全国地（市）文化局长岗位培训班学习，期间到山东、河南考察，11 月 8 日在郑州话别，是晚大家畅饮狂欢，不舍之情溢于言表，乘兴即席赋此，接着同学们轮流用乡音朗诵，高潮迭起，热闹非常。

同学情谊夫若何？深超大海比星多。
愿君别后多珍重，他日相逢再放歌。

双龙潭仰望

（2001年11月23日）

双龙骤起破苍穹，峡动山摇撼险峰。
雪雨倾盘何处下？泉飞峭壁树梢中。

题岭南第一村

（2002年3月23日）

佛光普照百威生，骏马犀牛任纵横。
玉带环腰狮象护，仙临凤至庆龙腾。

西樵山行

（2002年3月29日）

2002年3月28至29日，到南海西樵山参加全省对外文化工作会议，为西樵山优美的景色所陶醉，诗思如泉，信手写下五首。

二十八日晨即景

雾锁西樵景色濛，分明是石却如松。
忽然一缕阳光至，山野澄清复本容。

南海观音

位居南海最高峰，慈善依然不改容。
笑看凡间多竖子，芝麻绿豆也称雄。

四方竹

眼看圆形手触方，玄机凡事内中藏。
偏差莫怨尘遮目，缘是未曾亲探囊。

无叶井

叶子云游到井中，霎时大地起雄风。
藜涎乍吐甘泉涌，越过清溪作海龙。

白云洞

古树禅林幽径通，白云生处有鸥鸿。
一流垂壁飞千尺，三洞朝天吞万峰。

注：白云洞景区有白云古寺、飞流千尺、一洞天、二洞天、三洞天等景。

七星山脉顶上远眺

（2002 年 4 月 1 日）

七星高耸大鹏飞，曲水回环入翠微。
放眼春光铺万里，风云际会到京畿。

肇庆宝月公园

（2002 年 4 月 3 日）

鸟语花香歌满天，亭台碧树石山连。
爷孙俯跃追顽蝶，紫燕翩翩到眼前。

仙女湖

（2002 年 4 月 23 日）

绿岛沙洲水满湖，鹊桥古洞会仙姑。
问谁识得图中景？卧佛含丹帆影孤。

怀集桥头观音岩观音

（2002 年 4 月 28 日）

性本慈悲甘寂寞，洞中打坐任春秋。
一心普度众生愿，般若波罗万古流。

注：观音岩有一尊天然石观音，形态逼真，惟妙惟肖。

野渡

（2002 年 5 月 17 日）

侵晨野渡攘纷纷，老树啼莺赶集人。
离岸轻舟追浪去，半牵江月半牵云。

笼中鸟

（2002 年 6 月 8 日）

说四道三未肯休，趋前跃后不停留。
悲乎乐也谁知味？域外时光照样流。

题盘中松

（2002 年 6 月 8 日）

是日偶遇一朋友，知其因调动而心中不快，即以路旁盘中松为题赋赠。

移根盘上又如何，苍劲依然叠碧波。
岂惧风霜屡裁剪？雨摧雪压更嵯峨。

光彩之星文艺晚会观后

（2002 年 6 月 8 日）

光彩之星伴月明，广场私企唱新声。
奇葩不独艺园有，绿野香风满古城。

肇庆旧八景

（2002 年 11 月 23 日）

龟顶松荫

一山飞峙古城西，龟隐松间盈鸟啼。
碧水穿旁帆影掠，排云白鹤与天齐。

白沙月夜

月泻平沙白露浮，清辉一片胜扬州。
寒灯冷庙人踪灭，摇曳孤舟溯上游。

五显渔灯

五显庙前渔火浮，半江月色半江愁。
水村山郭依稀辨，孤棹穿云到绿洲。

羚峡归帆

烟笼绿树月笼矶，浪啸羚羊溅壁飞。
岸上呼声惊宿鸟，眼前一棹载云归。

星岩烟雨

云飞雨洒复烟笼，一片迷蒙混太空。
仙掌玉屏时隐现，湖光帆影有无中。

注：七星岩有仙掌岩、玉屏岩。

宝月荷香

圆影华池柳絮飏，玉蟾潜底吐清凉。
千星散落荷塘夜，一片蛙声入梦乡。

披云鹤唳

楼高鹤唳入层云，鉴古观今荡俗尘。
旧郭新城皆锦绣，西江北岭四时春。

江楼晚眺

渔火悠悠两岸通，楼台山壑树朦胧。
星辉月朗江天合，四塔凌云壮碧空。

注：四塔指崇禧塔、巽峰塔、文明塔、元魁塔。

常德行五首

（2002 年 11 月 28 日）

桃花源

清溪绕翠到山前，疑是尽头却有天。
随棹迎风穿洞出，桃花十里袅炊烟。

滨湖公园

烟笼翠柳雾笼花，水抚曲桥鱼抚虾。
喜鹊吱吱相戏逐，竟忘何处是乡家。

沅江畔

虹卧沅波映崇楼，草坪绿树假山丘。
舟来车往人潮涌，翰墨诗情万古留。

诗墙

龙飞凤舞湖张颠，国粹传承多俊贤。
大笔一挥撼河岳，掀翻沅浪拍云天。

柳叶湖

柳叶生风弄碧波，湖光潋滟醉天河。
闲舟野鹤云中没，雾里飞来一片歌。

赠金桐老师

（2002 年 12 月 5 日）

金桐老师为国家一级导演，连续执导的九个戏剧均获梅花奖，其中大型地方题材粤剧《龙母传奇》囊括九大奖项，肇庆市文化局特赠此诗表示感谢。

金鸡报晓月风清，桐上黄鹂深叶鸣。
老骥不输鸿鹄志，师公德艺冠双馨。

宋城墙

（2003 年 1 月 3 日）

厚重城墙千百秋，斑斑宋迹记沉浮。
横空南粤西江北，御敌防洪万古留。

宋城墙怀古

（2003 年 1 月 3 日）

残壁苍苔远古回，宋砖元土缀明灰。
马嘶旗乱风威冷，折戟沉舟鼓急催。

梅庵赏梅

（2003 年 1 月 3 日）

傲霜破雪闹枝头，惊落红尘百卉休。
谁道禅宗单授品？清香仙气袖中流。

注：《六祖大师法宝坛经》分成十品：行由、般若、疑问、定慧、坐禅、忏悔、机缘、顿渐、宣诏、咐嘱。梅庵为纪念六祖慧能插梅而建，距今已 1200 多年。

游盘龙峡

（2003 年 1 月 3 日）

盘龙曲峡觅飞流，野鹤闲鸥古树啾。
一片欢声随浪至，蓦然眼底跃轻舟。

延边歌舞团演出观后

（2003 年 1 月 18 日）

春米声声金达莱，丰年瑞雪笑颜开。
最怜长白飘丝带，舞破银河肇庆来。

注：演出节目有春米声声、金达莱、丰年祭、瑞雪迎花妞、欢腾的长白山等。

肇庆风情画展观后

（2003 年 1 月 26 日）

肇庆风情入画中，苍山碧水意千重。
丹青翰墨谁挥就，雄健笔端生飓风。

呈志强兄

（2003 年 2 月 18 日）

梁志强同志任中共封开县委书记，余送其赴任，席间以诗呈之。

（一）

千年古邑涌春潮，旧郭新城分外娇。
虎踞龙盘环玉带，犀牛浩气贯凌霄。

（二）

麒麟白马带春回，广信河旁百卉开。
猛虎出林啸河岳，神龙破雾撼风雷。

鼎湖山夜韵

（2003 年 3 月 2 日）

夜幕才临虫骤喟，栖枝倦鸟听溪流。
风吹睡草微开眼，水碧沙明是砚洲。

注：砚洲位于鼎湖山对出的西江中，相传为包公掷砚处，约三平方公里，有几百户人家，包公楼耸立其中。

耕读乐

（2003 年 3 月 8 日）

书卷砚台溢稻香，犁耙扁担蕴辞章。
耕余读写陶然乐，体健心欢福寿长。

题张宝省先生月季图

（2003 年 3 月 28 日）

飘逸空灵笑绿丛，枝舒茎韧叶生风。
华中带刺悬清露，月换衣裳季换容。

张宝省先生作画

（2003 年 3 月 28 日）

凝神屏息入图中，笔走龙蛇意韵浓。
转瞬花枝生纸上，满堂春色荡清风。

孙育林、孙骐先生书画赏后

（2003 年 4 月 18 日）

骇浪惊涛涌碧空，鹏翔山水起雄风。
书魂画魄空今古，摩诘右军输半功。

绥江偶得

（2003 年 5 月 5 日）

淡烟翠竹抚清波，绿草红花诱白鹅。
一阵歌声随浪至，渔翁撒网泊湾坡。

梅州行五首

（2003 年 5 月 10 日）

谒叶帅故居

一岭标飞现虎形，吞云吐雾鬼神惊。
檐低屋小乾坤大，倒海翻江洗大瀛。

游雁南飞茶田

大雁南飞入碧乡，苍山翠野绿溪长。
春风不解休闲客，偏送诗泉入酒觞。

雁鸣湖即景

千回百啭雁鸣湖，屋树参差嫩草铺。
茶室乐园盈笑语，林间小道见村姑。

登凤凰阁

楼阁高挑入半空，远山近水一望中。
凤凰轻唱传千里，天下何时得大同？

梅江晨韵

梅江潋滟向东流，绿染双桥荡小舟。
偶见绮罗踏歌舞，叟童追逐到前头。

游砚都瑰宝馆

（2003 年 5 月 23 日）

砚都瑰宝久弥新，今日文坛最喜人。
谁把星湖当墨海？熏教北岭四时春。

谒叶挺将军故居

（2003 年 9 月 10 日）

江南一叶撼风雷，北伐挥师荡浊埃。
党管武装功盖世，长征接力后人来。

肇城新八景

（2003 年 9 月 25 日）

梅庵香雪

菩提古井宋庵深，禅曲回肠净俗心。
缕缕香风何处出？漫天飞雪吐梅林。

砚峡清风

峡深草密掠鸥鸿，帆影遥遥烟雾中。
借问沙洲何染绿？包公掷砚播清风。

牌坊夜韵

华灯初上涌人流，歌舞星辉月荡舟。
泉乐蓦然向天发，欢声一片到云头。

注：泉乐指音乐喷泉。

江堤塔影

塔影横江连翠堤，车来人往各东西。
一声长笛涛掀岸，树上娇莺恰恰啼。

江楼浩气

阅古观今接远风，经文纬武孕英雄。
滔滔江水千帆过，朵朵红棉仰叶公。

注：叶公指叶挺。

鼎湖幽胜

溪流溅石鸟啼桠，绿浪丛中闹野花。
无雨衣襟空翠湿，虫鸣湖壑漫烟霞。

宋城揽古

荒苔破壁辨残碑，鹤唳披云威壮时。
州府丽谯帝王殿，城墙雉堞猎旌旗。

星岩烟雨

缥缈湖光柳万枝，烟笼石室隐灵龟。
阿坡天柱飘亭角，雨里仙姑驾雾归。

注：有石室、灵龟馆、阿坡岩、天柱岩等景。

西江

（2003 年 11 月 5 日）

雾收波碧日初红，树影横斜帆满风。
两岸闲鸥不甘寂，尽衔峰岭入江中。

仰包公五首

（2004 年 1 月 3 日）

包公，姓包名拯，安徽合肥人，1040—1042 年任端州知郡事，一直为人们所敬仰、传颂，兹赋点滴，以表敬意。

固郭安澜

西江恣虐万民哀，幸得明公固郭台。
终使澜平风雨顺，安居乐业福祺来。

锁井镇妖

妖魔为害刮昏风，百姓惊慌畏路穷。
铁锁千钧深井镇，霎时雾散日融融。

锄奸除恶

明镜高悬察假真，锄奸除恶荡埃尘。
门开昼夜无狐鼠，世道清平均富贫。

清心直道

清心治本胜鸿篇，直道身谋为国贤。
百越千年风气正，因缘府尹德留延。

清风浩气

归帆掷砚镇涛汹，两袖清风尘不容。
三把铡刀神鬼泣，浩然正气贯长虹。

开封行

（2004 年 3 月 6 日）

中原文化溯开封，古迹参差城郭雄。
通判可知汴河岸，池台杨柳拂清风。

注：通判指曾任兴化军通判的刘子翚（1101—1147），其诗《汴京纪事二十首》之七：“空嗟覆鼎误前朝，骨朽人间骂未销。夜月池台王傅宅，春风杨柳太师桥。”

燕岩

（2004 年 5 月 1 日）

岩洞清幽天地宏，无忧燕子喜相迎。
风云日月心中过，人马舟车腹内行。

注：燕岩洞高 66 米，宽 40 米，660 多米长的溪流从腹内穿过，水深 10—30 米。

桥头风光

（2004年5月1日）

（一）

如狮如虎又如龙，万种风情烟雨中。
最是莲湖花不解，一边白色一边红。

注：鸳鸯莲湖开的莲花一边为白色一边为红色。

（二）

错落参差峰欲倾，微风拂野水烟轻。
喃呢燕子欲何往？岩洞溪边杨柳青。

登文昌阁

（2004年5月2日）

绥江环抱古城春，绿树红花横雁群。
朗朗书声频入耳，文昌启智有来人。

怀城之夜

（2004 年 5 月 4 日）

燕峰文阁小桥东，巷里街边灯映红。
人海车潮关不住，绥江帆影酒旗风。

注：怀城有燕峰楼、文昌阁、怀城桥。

别怀城赴下帅

（2004 年 5 月 5 日）

晨风伴我别怀城，路转峰回满目青。
未见炊烟村落影，已闻锣鼓乐歌声。

注：下帅为少数民族乡和全国民间艺术之乡，居住着瑶、壮、汉三个民族共一万多人，每个自然村都有民间艺术队，采茶舞、春牛舞、马舞、狮舞颇具特色。

访白水河高塘电站

（2004 年 5 月 5 日）

临渊小道绕崖通，走兽飞禽入草丛。
雄坝高湖横岭出，气吞河岳吐苍穹。

注：高塘电站置身于崇山峻岭之中，水库坝高 110.73 米，为广东之冠。

砚洲包公楼

（2004 年 5 月 21 日）

烛光香袅径幽清，绿草黄沙掷砚成。
百姓追思建楼祀，一砖一瓦寄深情。

鼎湖山

（2004 年 6 月 28 日）

老树横杈绕古藤，清溪乱石掠啼莺。
儿童迷路不知返，飞瀑流泉云雾生。

深圳文化中心

（2004 年 7 月 21 日）

金银两树竞葱茏，乐韵书馨一路通。
万木朝阳连广宇，传承文化古今风。

东莞文化中心

（2004 年 7 月 22 日）

火树银花南北中，乐泉歌舞涌人龙。
图书博物相辉映，科技群星耀太空。

中山长江度假村

（2004 年 7 月 23 日）

湖光山色嵌亭楼，大雁盘旋下绿洲。
偶见轻舟牵浪出，笠翁石上钓溪流。

参观韩光耀老师画展

（2004 年 7 月 23 日）

雾锁奇峰溪倒回，莺啼曲径野花开。
蓦然转侧疑春至，万紫千红画里来。

顺德清晖园

（2004 年 7 月 24 日）

池边垂柳燕低飞，曲径回廊古树奇。
玻刻浮雕艺精绝，玉兰初放笑蜂痴。

九龙湖三首

（2004 年 9 月 8 日）

九龙湖

叠翠群山拥碧湖，拉纤移棹乐村姑。
九龙信是神仙境，尘土焉能半点无？

黄金沟探险

脚踩钢丝手握绳，左摇右摆后前倾。
人生道路堪相似，壁峭溪深何必惊？

客家歌舞

轻吹叶子曲悠扬，哥妹追歌情意长。
伯姆舂糍招远客，儿童撒野逗新娘。

太阳岛

（2004 年 10 月 2 日）

（一）

垂钓桥边杨柳依，亭旁水浅鲩鱼肥。
儿童不解渔翁意，大叫一声惊鸟飞。

（二）

湖中小岛播清风，古塔穿杨入半空。
浪打翠堤来又去，轻舟摇荡淡烟笼。

（三）

杂声水榭夜光杯，惬意湖风扑面来。
月挂西边人未倦，犹闻对岸闹歌台。

登天柱岩

（2005 年 1 月 1 日）

拾级盘旋挽护栏，丝丝云彩拂单衫。
凝眸脚下湖山小，头上离天三尺三。

月夜步湖堤

（2005 年 1 月 1 日）

朦胧月色洒湖堤，风起浪翻树影迷。
宿鸟吱吱逗过客，欢声渡棹到桥西。

小鸟天堂

（2005 年 3 月 8 日）

一树擎天荫曲河，千须万茎织山坡。
翩翩小鸟相嬉逐，一会依偎一会歌。

祝贺西江诗社成立九周年
暨西江诗词出版九周年

（2005 年 4 月 25 日）

西江浩荡涌春潮，南国诗坛耀碧霄。
九载耕耘沐风雨，豪情重彩赋今朝。

四会天海湖

（2005 年 4 月 28 日）

群山簇拥一天湖，绿岛幽幽胜画图。
碧水涟涟云共影，掀波逐棹是闲凫。

星湖湿地公园

（2005 年 5 月 1 日）

竹子桥边绿水轻，鱼翔鹤舞草菁菁。
群凫才去闲鸥到，柳叶飘飘闻雁声。

星湖水上钢丝表演

（2005 年 5 月 1 日）

凌空一线走单骑，快似飞鹰慢似龟。
投足弯腰称绝技，竟然是个四龄儿。

漫步九龙溪

（2005 年 5 月 3 日）

清溪声脆伴虫鸣，斜石枯藤连紫荆。
小鸟腾空惊老树，枝摇露洒野风清。

客家游戏

（2005 年 5 月 3 日）

篝火腾腾耀谷场，众人合力抢新娘。
手牵足蹈团团转，忽见飞骑近右厢。

夜访山寨友人

（2005 年 5 月 3 日）

月挂新枝石径明，虫飞草动鸟虚惊。
柴门犬吠迎稀客，先报主人铲镬声。

海陵岛游泳

（2005 年 5 月 15 日）

畅游南国海陵湾，极目长空枕碧澜。
最爱狂风掀巨浪，倾情搏击白云间。

盘龙峡游

（2005 年 5 月 25 日）

清风吹月隐林丛，曲水携溪入草蓬。
野鸟闲虫相对唱，几疑梦里遇陶公。

漫步桃花岛

（2005 年 6 月 4 日）

（一）

茅亭倒映入湖中，人面桃花相映红。
绿岛清风闲不住，一时往北一时东。

（二）

蝶恋蝉声舞翠枝，风寻幽径拂人衣。
青蛙仿佛知吾意，早唤轻舟泊石矶。

观攀岩比赛

（2005 年 7 月 6 日）

徒手攀岩似马骝，争先抢径险中求。
功成自古艰难事，胜在平时血汗流。

中山大学

（2005 年 7 月 11 日）

绿杨古道映红楼，百载学堂国父修。
桃李芬芳满天下，文明传播领潮流。

大旺高新区

（2005 年 7 月 24 日）

大旺园区气象新，亚洲铝业卓超群。
昔时种蔗忙农事，今日皆成蓝领人。

四会玉器街

（2005 年 7 月 24 日）

玉器街区产业兴，天光圩市最繁荣。
旺销缘在工精巧，买卖公平乐共赢。

夜登观星塔

（2005 年 8 月 6 日）

脚踏浮云上太空，观星折桂气如虹。
天公抖擞银河落，洒向端州一片红。

从三峡到九龙湖遇狂风暴雨

（2005 年 9 月 8 日）

三峡掀翻三峡浪，九龙聚会九龙湖。
骤然飚雨从天降，地动雷奔万壑呼。

月上九龙湖

（2005 年 9 月 8 日）

月色山风吹不去，虫声树影拂还来。
空蒙一片湖连壑，摇曳归帆伴鸟回。

山西内蒙行九首

（2005年9月19日至24日）

常家庄园

外雄内秀在常家，明始儒商主业茶。
富甲山西堪敌国，祖先原是牧羊娃。

平遥古城

三晋平遥最古城，金融鼻祖日昌升。
协同庆叠明清铺，仿说当年商贸兴。

往呼市经集宁同学率团迎送

异乡同学喜相逢，哈达殷殷拂倦容。
把盏千杯尚嫌少，浓情熏醉草原风。

希拉穆仁草原

绿浪连天风劲吹，白云缕缕日边徘。
时闻号子远方起，偶见牛羊草里来。

草原骑马

纵身一跃玉鞍中，执戟挥鞭越岭峰。
草伏尘飞惊稚鹿，悬蹄过处起雄风。

谒王昭君墓

昭君出塞著亲和，从此汉匈扬凯歌。
青冢千年香火旺，嫱云德雨到黄河。

云冈石窟

形神兼备似真身，巧夺天工叹古人。
但使文明天地久，不教风化被沉沦。

五台山

皇家寺庙气豪雄，灵鹫峰高香火隆。
拜佛仍须常积德，修心行善福无穷。

东湖陈醋

数年磨炼默无声，熏晒酵淋间又蒸。
品质最优方上市，美名一举播环瀛。

广宁封开桃花源行六首

（2005 年 10 月 12 日至 15 日）

宝锭山风景区

虫鸣隐约随风来，美景依依催步开。
最是湖边看不厌，苍松翠竹弄亭台。

财神爷

财神尊坐现金身，元宝平安赐好人。
烟绕湖边笼翠柳，烛光日影斗殷勤。

观葵垌六层飞瀑

悬崖喷雪起风雷，疑是银河天上来。
飞瀑六层万钧力，青山一界两边开。

上黑石顶

野岭寻幽涧水边，枯藤老树映清涟。
才闻猴子啼深树，又见黄鹂舞眼前。

杨池乳泉

夏凉冬暖润春秋，明目滋肤解倦愁。
应是龙塘生圣水，源源乳汁出犀牛。

注：乳泉位于龙塘社内、犀牛（山）乳部。

访桃花源

因文溯洞觅桃花，西畔石矶帆影斜。
翠竹桥边茅舍外，炊烟群鸟逐飞霞。

封开行五首

（2006 年 5 月 1 日）

斑石

突兀崩云天外来，刘三妹子对歌台。
斑斓催得梨花发，白马麒麟左右陪。

龙山

峰峦叠嶂画屏开，映水荷花香袭来。
梦里多奇何处是，双龙白石胜蓬莱。

杨池古村

明瓦清砖古巷深，池塘杨柳对层林。
封门望族人才盛，书室钱庄说古今。

千层峰

凛然拔地涌波澜，恰似将军守险关。
缕缕云烟膝边过，红花朵朵别胸间。

贺江

迂回曲折闯千关，融入西江起碧澜。
借问人家何处有，牧童遥指大洲湾。

端午节题肇庆裹蒸

（2006 年 5 月 29 日）

（一）

叶裹锅蒸半日长，米柔肉润味清香。
远销港澳赠亲友，肇庆嘉名藉此扬。

（二）

餐中美食四时香，水热蛋煎均自强。
撑破肚皮犹未足，回家还带两三箱。

（三）

纪念屈原包裹蒸，离骚读罢默无声。
一年一度龙舟水，满载大夫忧国情。

星湖诗草

（2006年6月26日）

晨曦初露

小鸟掠湖笑语喧，炊烟才起出头村。
行人如鲫追晨月，哪个先登天柱轩？

早晨雨后

雨后岩峰分外明，清风绿岛水烟轻。
吱吱小鸟翩翩舞，时向路人送藕馨。

揽月亭放目

空蒙一片是星湖，石径无人野鸟孤。
残月余辉渐隐去，唯闻脚底北风呼。

荫梓山赏月

四周静寂透湖光，树影清风笼野岗。
偕友偷闲同赏月，谈诗论对话沧桑。

湖光月韵

湖光帆影月无边，杨柳清风荡笑言。
悦耳歌声伴鸟语，太阳岛上舞蹁跹。

晚上散步

凉风习习伴虫鸣，树影笼灯路不清。
借问藕香何处出，一湖莲叶吐心声。

江浙沪行

（2006年7月7日至11日）

蒋介石故居

故居盐铺玉溪边，武岭巍峨笔架前。

更有双龙戏珠象，文昌古阁耸云天。

注：1928年蒋介石回家乡溪口建起了城门楼，并亲笔书写门楣额：武岭，凸显了尚武精神。

航民村

浙江首富数航民，六万起家兴业辛。

人口千多环境美，染缸滚滚出金银。

注：航民村以染业为主，并于2004年在上海成功上市。

灵隐寺

灵于何处护群伦？隐在深山古寺云。
应记癫僧不癫事，飞来峰到救村民。

注：济公知道有一座山将要从天竺国灵鹫山飞来，于是劝说村民离开，而村民认为济公是癫疯和尚，不以为然，情急之下，济公背起刚出嫁的新娘快速往外跑，村民见状大怒追赶。当最后一个村民刚离开村口时，一座山峰从外面飞来压住村庄。村民顿悟济公良苦用心。为纪念济公的救命之恩，村民们在飞来的山峰上凿了许多观音像。至今石窟保存完好。

雷峰塔上放眼西湖

雾漫山浮水没边，苏堤隐约掠眸前。
似闻飞鸟轻轻语，雪雨阴晴各有天。

夜游黄浦江

两岸华灯耀碧天，红波黛浪泛游船。
高楼栉比争奇胜，闪烁明珠挂月边。

拙政园

假山古树映廊桥，石舫荷池鲤几条。
从政何其如曲径，拙乎巧也柳轻摇。

枫桥

石桥高拱接铃关，河道船来起碧澜。
蓦地钟声惊客梦，抬头侧卧眺寒山。

寒山寺

张继一诗千古传，寒山香火映江村。
钟声送出半船月，殿上廊中仍满人。

太湖

湖旷天低晨雾稀，游船离岸泛涟漪。
受惊水鸭扑腾起，划破波光带露飞。

夜游星湖五首

（2006 年 7 月 13 日）

（一）

入夜放舟凭护栏，如飞如坠七堆山。
牵风踏浪披星月，春夏秋冬俯仰间。

注：湖中有春、夏、秋、冬四岛。

（二）

红绿灯光绕岸悬，树笼水映出头村。
蛙声总伴桨声起，时随微风到客船。

（三）

喷泉飞舞色斑斓，歌乐悠扬侵远山。
来往轻舟相对揖，欢声笑语荡云间。

（四）

行舟何似在人间，坐月踏星空际环。
一束银光天柱起，松涛柳岸尽开颜。

（五）

星辉岩影月徘徊，柳浪湖波四面开。
偶见珠光洞中出，应为窟里蛟龙来。

注：七星岩有明万历年间肇庆知府王泮题写的“含珠洞”“蛟龙窟”两景。

星湖晨旅

（2006年8月8日）

散步

风起漪澜伴我行，两旁树影乱啼莺。
莫非昨晚雨来急，桥底水盈舟自横。

小憩

大汗淋漓气未平，亭中小憩一身轻。
吟山赋水书生气，飞腿弄拳游侠情。

登山

穿云破雾越岩层，缕缕微风脚底生。
过了玉屏上天柱，疏星残月眼前横。

游洞

洞内幽幽滴水声，凉风飕飕伴虫鸣。
舟行景随渐迷眼，唯有源头一处明。

荡舟

悠然摇桨漫湖游，时见群凫逐浪头。
四面清风连水气，岩光柳影是端州。

桂林行五首

（2006年10月14日至16日）

刘三姐印象观后

江作舞台山景神，演员六百是村民。
牛哥三姐为符号，气势恢宏震撼人。

游漓江

江清见底鲤鱼肥，水草丛中白鹭飞。
大象寻幽岸边望，雄鹰展翅觅相知。

注：漓江边有象山、雄鹰山。

蒋介石行辕

介石行辕水一环，祈求长乐赖虞山。
可怜朽木东风折，舜帝从来锄贼奸。

注：蒋行辕在虞山，山上有舜帝庙，桃花溪从前面环抱而过。

沐龙湖漫步

碧水环城缀四湖，双江合抱写宏图。
桥连楼阁歌声悦，柳系清风掠白凫。

注：四湖指沐龙湖、桂湖、榕湖、杉湖；双江指漓江、桃花江。

华夏之光

一壁浮雕横眼前，文明华夏五千年。
太平当记烽烟日，奋发图强慰圣贤。

注：“华夏之光”为李政道所题，囊括了华夏五千年的文明史。

贺州永州连州行

（2006 年 10 月 24 日至 27 日）

黄姚古镇

清溪怪石小桥横，深巷髯榕古井澄。
司马不知何处去，旧联残壁说衰兴。

舜帝陵

舜帝长眠在九嶷，万山朝拜感湘妃。
红霞万朵争烘绕，化作神珠染翠微。

玉官岩

天然盆景赖神工，壁上诗题蕴古风。
最绝黄连根裹石，钻开岩隙写葱茏。

湟川三峡

行舟三峡觅仙踪，两岸风光各不同。
昂首灵龟傲苍宇，山羊跳涧气如虹。

三排瑶寨

排瑶远祖洞庭湖，越野开荒结草庐。
可爱姑娘表心迹，三边窗口对哥呼。

连州地下河

洞内奇观淌碧流，舟移景换各千秋。
渊明若是知斯地，岂不桃源换此游？

韶山长沙行

（2006年11月15日至16日）

毛泽东故居

半茅瓦顶几泥房，前列荷香两水塘。
后耸韶峰三万仞，一轮红日出东方。

虎歇坪

虎歇高坪傲远方，漫山野兽尽逃藏。
相传光绪中秋夜，地裂天崩震万邦。

注：毛泽东祖父毛恩普于光绪三十年去世，骸骨于几年后的中秋子时下葬在虎歇坪。相传其时忽然发生大地震，湖南省志有此次地震的记录。

岳麓书院

于斯为盛越千年，惟楚有材风气先。
代有贤良缘底事？朱熹四字著教鞭。

注：朱熹题“孝、节、忠、廉”四字在壁上。

爱晚亭

红叶清溪爱晚亭，斜斜石径紫烟轻。
行行看看似相识，原是杜诗意境情。

注：杜诗指杜牧的《山行》：“远上寒山石径斜，白云深处有人家。停车坐爱枫林晚，霜叶红于二月花。”

马王堆

汉朝古墓两千年，文物奇珍浩如烟。
谁道神州根底浅？马王堆里说从前。

星湖鼎湖走笔

（2006 年 12 月 5 日）

星湖早晨

湖波潋滟泛银光，帆影遥遥运雾忙。
柳浪行人相对揖，奇花野鸟斗疏狂。

星湖夜色

星湖夜色浅趋深，远水近山皆赏心。
柳韵岩光时有别，何愁月亮向西沉？

玉屏岩鸟瞰

绿堤碧水望无边，岩影波光楼宇连。
仙境画图何人绘？七星北斗自天然。

鼎湖山

溪水潺潺曲径幽，扁藤奇树掠斑鸠。
清风似解诗人意，频送花香醉笔头。

飞水潭观瀑布

白练飞驰落碧潭，冲开峭壁万重岚。
骤然风雨身边起，忽误离天三尺三。

飞水潭听瀑布

流水潺潺似诵经，湿衣清露润心灵。
无端忘却红尘事，唯觉林中有鸟鸣。

星湖行

（2006 年 12 月 21 日）

风吹绿岸漫芳馨，万亩湖波帆影轻。
最是观光佳妙处，玉屏石室摘星亭。

夜游七星岩

（2006 年 12 月 21 日）

七星桥畔泛湖光，垂柳生风拂水忙。
路上行人悄悄语，莫非此处是天堂。

星湖初春拾零

（2007 年 3 月 12 日）

雨

珠帘狂舞落岩巅，梳柳舔湖起薄烟。
几个啼莺归去急，误飞帆影曲桥边。

雾

远观混沌近观朦，恰似七仙纱帐中。
偶见岩峰翘一角，波光柳影有来风。

阴

湖旷天低云几重，岩高帆近柳生风。
谁家燕子闲无事，来往穿梭展靓容。

晴

几缕阳光几鸟鸣，轻舟掠柳野风清。
峰峦叠翠连苍宇，半入湖中半入城。

月

一湖月色一湖天，一片星辉一片涟。
柳影岩光深浅浅，欢声帆影绕堤边。

题千年诗廊

（2007年8月15日）

满壁诗书蕴墨香，高人雅士意情长。
千年积淀湖山韵，历史风云放眼量。

四会六祖寺

（2007 年 8 月 15 日）

恢宏古刹越千年，清澈小溪环膝前。
香客如云仰六祖，禅机顿悟净心田。

四会奇石河

（2007 年 8 月 15 日）

万千奇石万千狂，十里银滩十里荒。
罗隐何来造化力？漫天飞瀑改沧桑。

云南印象

（2007 年 9 月 15 日至 21 日）

望玉龙雪山

翘首玉龙堆满银，仿如身置白云根。
劝君莫作高声语，唯恐惊扰天上人。

上玉龙雪山

雪雨霏霏上玉龙，披云沐露踏秋风。
纵身一跃九千里，指点江山察太空。

丽江

新古斯城并蒂莲，各安其所创鸿篇。
谁言欲立当需破，老干孙枝自泰然。

丽江古城

清溪石道柳相连，残壁小桥别有天。
若问昔时人几许，四方街上舞翩翩。

草原牧场

深黄浅绿草微长，欢快清溪映鸟翔。
岸柳参差顺风舞，星星点点是牛羊。

崇圣寺外望

洱海悠悠水一环，白云朵朵别山间。
碧空无际任飞鸟，气爽天高心自闲。

蝴蝶泉

盈盈见底一清池，几尾鲤鱼寻旧时。
蝴蝶不知何处去，合欢树影枉相思。

石林

天下奇观何处寻，莲池倒影动余心。
因缘应是阿诗玛，情染荒山变石林。

大观楼

朝云暮雨几经年，空阔滇池浮眼前。
雅士文人屡登览，皆因孙氏一联牵。

陕豫走笔

（2007 年 10 月 12 日至 16 日）

西安古城

钟鼓相闻两古楼，城墙斑驳话风流。
王朝往事成追忆，昔日宫廷变土丘。

秦兵马俑

兵马秦泥笑始皇，生癫暴虐死尤狂。
挖穿地核营星月，耗尽资财令国亡。

华清池

清池岂是润肤肌，简直荒淫危国基。
昔日玄宗流恨泪，悲怆不独失杨妃。

华山

崖高天险入云天，周围气象万千千。
蓦然脚下狂风起，原是苍龙到眼前。

龙门石窟

精雕细刻叹神工，但惜多尊遭损容。
风化雨摧尤可恕，人为砍凿岂能从？

黄河捡石

浴手黄河见石头，悠然捡起现流求。
再摸失语惊翻浪，中国版图眼底浮。

题诗五首

（2007 年 10 月 15 日）

题航标灯塔

灯明导棹渡礁滩，塔影横江枕月闲。
世事如棋防则善，任他骇浪与惊澜。

西江诗社成立十一周年

仄仄平平十一秋，讴歌时代写风流。
老夫聊发少年志，敢驾云帆争上流。

肇庆市炎黄文化研究会成立十周年

孜孜研究十春秋，围绕中心献智谋。
滚滚西江越前浪，炎黄文化是源头。

题远光兄《师友赠书画摄影集》

师友情谊有几浓？书香画韵醉春风。
会心一笑音容在，美好时光留册中。

题《肇庆市国税书画摄影集》

征税惠民家国兴，和谐共建创文明。
名城今日美如画，山翠湖澄融我情。

题鼎湖飘雪

（2007 年 12 月 11 日）

鼎耸苍穹野鸟狂，湖澄山翠气芬芳。
飘飘玉练崖边起，雪雨纷纷润万邦。

湖南桃源春日十题

（2008 年 2 月 9 日）

迎春

迎春爆竹响连天，熠熠星光耀眼前。
都说农村生活好，家家户户庆新年。

探亲

拎酒提鸡互探亲，皆谈丰岁贺新春。
喜看今日农家乐，远在深山有近邻。

春游

打工一族喜回乡，结伴春游似鸟翔。
昨到东村今北寨，穿红着绿笑声扬。

田园

小儿邀我去田园，逗鸭拦鸡踩雪团。
乐而忘归兴不减，原来此处是桃源。

放鸭

微黄田埂映清溪，放鸭儿童学鸟啼。
喜鹊果然相继至，欢歌嬉戏弄春泥。

农家

一山岗上二三家，四五孩童攀树杈。
六七鸡鸣八九鸭，十余修竹绣烟霞。

喝酒

席上红泥几小炉，火兴汤滚气腾图。
猪牛鸡鸭肉鲜美，酒醇情浓不计壶。

出门

闲来无事出门行，鸡鸭猪牛偏路横。
树上鸟儿疑识我，引开异类向啼莺。

沐雪

漫天皆白雪飘飘，我辈欢呼立小桥。
暴雨从来欺草雀，海鸥更喜弄狂潮。

积雪

未溶积雪涧边横，恰似白云随意生。
远近高低皆若画，世间美景总天成。

题湖南桃花源

（2008 年 3 月 28 日）

（一）

桃花源记起于斯，冒雨登临觅旧时。
陶令不知何处去，石矶西畔野烟飞。

（二）

霏霏细雨润桃花，十里轻烟十里霞。
翠竹篱边掩古宅，不知何处是秦家。

（三）

隐隐飞桥横涧中，淙淙流水泛花红。
游人如鲫难寻路，彩蝶翩翩诱老翁。

（四）

会仙桥上问仙踪，童子言唯云处逢。
野鸟殷勤啼老树，残棋一局石台中。

（五）

秦道幽深石洞通，谁知屐痕几多重。
崎岖曲折汗熏透，仿见当年岭外烽。

和王军杰主席

（2008 年 3 月 29 日）

情醉潇湘胜酒浓，桃花感此展芳容。
雨珠化作欢欣泪，恁地醒时犹梦中。

注：是时，肇庆组织 16 位艺术家赴湖南常德进行文化交流，并与常德市文联同行共同出席“中国·湖南桃花节”。常德市文联王军杰主席即席赋诗《赠友》：“南粤墨意浓，潇洒诗意冲。武陵桃源雨，端州鼎湖风。相知已恨晚，执手犹匆匆。今夜一壶酒，醉入桃源中。”

题高要黎槎村

（2008 年 4 月 8 日）

四周水绕凤冈山，九里一坊榕荫间。
八卦玄机谁悟得？黄鹂白鹤载歌还。

陪中国美协名家采风团肇庆采风

（2008 年 4 月 17 日至 19 日）

鼎湖山

野藤缭绕织云天，石径幽幽闻鸟言。
此地常常迷俗子，眼前有路却茫然。

乘船游羚羊峡

溯江越峡逛苍穹，时见帆蓬垂钓翁。
借问悬崖大石刻，谁挥神笔写清风？

紫云谷老坑洞

水浸草生深洞幽，唐朝武德已风流。
最优砚石出斯处，文脉传承遍九州。

广宁竹海

纤纤竹子满山栽，乘兴凭栏眺望台。
每觉清风脚底起，无边绿浪入怀来。

怀集燕岩

曲曲清溪一月明，幽幽暗处有人声。
自由王国今何在？嬉戏洞天燕子情。

怀集燕山

洞中瀑布问何来？鱼戏清溪野风吹。
水溢石盘知不语，莫非奥秘在高台？

封开十里画廊

几疑人在画中行，翠掩云飞百态生。
山水田园举目是，何如斯处醉啼莺。

封开千层峰五老松

龙鳞叠叠逾千年，雷击风摧亦泰然。
世事无常何所惧，嫩枝新叶又参天。

封开斑石

梨树河边一石雄，丝丝云彩挂青松。
相传三妹曾歌舞，羡煞圣妃饶吕公。

封开杨池古村

远离圩市小山村，旨赏花翎世所尊。
探究池塘问杨柳，钱庄书室古风存。

德庆盘龙峡

晴天峡谷起雷霆，放眼龙潭雾气腾。
应是庐山红日照，银河洒洒落无停。

德庆龙母祖庙

背倚五山成庙坛，前临三水接回澜。
母仪龙德泽黎庶，四海朝宗处处安。

川行印记

（2008 年 4 月 23 日至 27 日）

金沙遗址博物馆

古蜀文明灿若霞，三星之后又金沙。
太阳神鸟冲天起，举世震惊齐仰华。

都江堰

都江堰水两分泾，到处逢人说李冰。
大浪淘沙古来事，为民造福自留名。

青城山

蝉声脆脆伴溪流，鸟语轻轻道境幽。
悄悄人言飘翠出，天师许是去云游？

乐山大佛

坐镇三江阅世尘，施云布雨沐群伦。
佛光引导凡夫子，行善修身做好人。

三星堆博物馆

三星底下古皇宫，对比中原竟不同。
蜀地文明海一粟，史前华夏已豪雄。

仰杜甫草堂

每读杜诗思草堂，今来景仰却仓仓。
民间疾苦公常挂，广厦今时庇万邦。

题梅鹊砚

（2008 年 7 月 3 日）

鹊仪石上一株梅，傲雪凌霜独自开。
笑看寒风翻冷雨，清香缕缕送春回。

闽赣行吟

（2008 年 9 月 2 日至 7 日）

九曲溪上观鱼

九曲溪中几鲤徊，游人岸上竞相追。
樵夫挡道惊奇问，贵客可从天外来？

放筏九曲溪

放筏清晨游武夷，幽岩古树令人迷。
一行白鹭水边起，荡起诗情满曲溪。

止止庵

大王峰护古庵幽，九曲清溪环抱流。
最爱梅林释道义，三生万物说缘由。

三青山其一

道教名山云亦奇，栖崖泊树向天飞。
晴阴雨露幻无测，世上人生亦若斯。

三青山其二

危峰峭壁破云开，栈道飘飘到玉台。
早有观音送子至，猴王呈宝又前来。

登浔阳楼

登楼悲古咒从前，喜看今时尧舜天。
若是宋江生此世，何妨酒后泼狂言？

庐山花径

江州司马居何处？花径昭然露旧踪。
草堂檐外似无物，万卷诗书藏内中。

庐山三叠泉

一泉三叠出天间，卷起龙池万丈澜。
仿佛惊雷交暴雨，狂风扫雪越千关。

滕王阁

古阁临江览落霞，英年王勃笔生花。
谁知帝子何方去，秋水长天孤鹜斜。

题危峰孤松

（2008 年 11 月 16 日）

独立危峰擎碧空，经春历夏复秋冬。
平生喜弄冰霜雪，何惧东南西北风？

三湘诗稿

（2008 年 11 月 17 日至 19 日）

毛泽东同志故居

古朴泥房倚韶峰，荷塘映月荡清风。
缘何景仰人如鲫？日出东方一片红。

马王堆博物馆

马王堆里读长沙，西汉文明见一葩。
丞相之妻肌若昨，素纱禅服透烟霞。

橘子洲

昔日风光何处求？层林尽染几曾留。
鱼翔浅底成追忆，不变滔滔水北流。

岳麓书院

襟江纳麓毓风云，立学朱张求至真。
历览前贤斯最盛，匡扶社稷导群伦。

赫曦台放目

湘江浩荡唱风流，最是神奇橘子洲。
少壮润芝掀骇浪，尽淘华夏古今愁。

贺冼铁生老师八秩大寿

（2009 年 1 月 2 日）

铁树常青仰晚梅，生花妙笔自天开。
长歌宏赋出唐汉，寿宴献桃王母来。

为肇庆民主大楼建成而题

（2009 年 1 月 5 日）

风雨同舟越险滩，神州大地展新颜。
春天故事起南粤，卅载环球刮目看。

京华诗草

（2009 年 2 月 2 日至 6 日）

牛年伊始，挈妇将雏，漫游首都。睹京都之盛世，感历史之悠久，叹文化之深厚，文思泉涌，欲罢不能，爰乃为诗，奉呈同好。

毛主席纪念堂

万人瞻仰一遗容，若此深情古未逢。
逝者生前换天地，东风扫净白和穷。

故宫博物院

当年主子已无踪，金碧皇宫枉好容。
紫禁森严成往事，春风不改水流东。

颐和园

十里画廊添几亭，撒娇野鸭戏湖冰。
兰儿只识玩山水，哪会兴邦定太平？

恭王府

和珅小子有何能，竟把皇宫乱折腾。
原是乾隆私念重，投其所好国基崩。

万里长城

今天好汉我为之，重上长城溯旧时。
石级乱云飞脚下，高声一吼众山痴。

谒新兴藏佛坑

（2009 年 2 月 17 日）

古寺青烟入翠微，山溪曲曲蕴禅机。
惠能化羽升天去，一缕香烟向北飞。

注：六祖惠能肉身安放在韶关南华寺。六祖惠能肉身究竟是安放在新兴国恩寺还是韶关南华寺，当时人们悬而未决，最后经过商议一致认为由点着的香烟所飘去的方向决定。新兴县的正北向正是韶关南华寺。

西江诗社社员大会即兴

（2009 年 4 月 26 日）

砚都孟夏墨芳馨，熏醉诗坛万种情。
放眼西江帆影疾，星湖绿柳透雏声。

肇庆随笔

（2009 年 5 月 1 日）

水月宫

红墙绿瓦印榕阴，傍水依山明月深。
花径环廊丹桂茂，观音香火净凡心。

蝴蝶谷

彩蝶翩翩舞眼前，花香草气渗心田。
更有湖清山竞秀，乐而忘还似少年。

鼎湖半山亭

天溪岸上古亭幽，僧语流云野鸟啁。
劝汝应防半途废，禅林飞瀑在前头。

西江绥西两岸诗稿

（2009 年 5 月 5 日）

一江两岸竞繁华，气正风清是我家。
古迹新楼相映趣，绿浓深处发红花。

端砚文化村

榕阴栈道傍池塘，古宅新居皆砚坊。
刀割紫云源武德，承前启后铸流光。

怀集燕峰温泉

错落参差几暖池，悠然浸泡润肤肌。
一天疲倦顿消失，月挂西边未肯离。

怀集世外桃源

摸黑穿岩步慢开，心仪已久觅蓬莱。
观音才拜过桥去，蓦地画屏入眼来。

德庆学宫

四柱冲天木构奇，学宫高竖孔丘旗。
传承知识德为首，辈出人才强国基。

访台诗稿

（2009 年 6 月 15 日至 24 日）

六月中旬，应邀赴台访问、考察并作文化交流。宝岛自然风光旖旎，历史遗迹众多，文化底蕴深厚，华夏情结浓郁，民族风情独特，耳闻目睹，倍感兴奋，发之为诗，偶得九首。

山间草庐

山间临海草庐香，烈炭煲汤火焰长。
好客东家频劝酒，十人三醉算平常。

环岛乘车外望

乘车环岛坐窗前，梦幻风光入眼帘。
时海时山时草木，不移唯有水中天。

风味小食街

人山人海小街边，食档参差列眼前。
明火浓烟吆喝里，甜酸苦辣任君添。

东北海岸

青山碧海白云间，垂钓浅滩观巨澜。
意逐鸥声天际去，心随舰影日边还。

登 101 大楼

乘梯一瞬到高台，四面风光扑眼来。
楼宇青山浮脚下，白云袖里任徘徊。

太鲁阁公园

千寻峭壁入云天，九曲深溪说旧年。
最是开心眼前燕，东西南北乐翩翩。

阿里山

南边雾雨北边阳，鸟语流泉栈道长。
今日老街依若昔，茶香飘处见姑娘。

董坐石砚艺术馆

董坐砚台崇率真，明清遗韵颇传神。
一家三代相承续，直把螺溪亮世人。

日月潭

日月交辉照美人，云山雾水四时新。
孔丘关羽同坛祀，万物虽殊亦共春。

再题紫云谷

（2009 年 7 月 5 日）

（一）

羚羊峡畔紫云稠，老树枯藤古洞幽。
野径山溪修竹茂，闲虫狂鸟斗歌喉。

（二）

端州砚石出何边？古洞幽深江底连。
只怕游人忘却返，清溪野径最陶然。

珠海中山江门行吟

（2009年8月11日至14日）

珠海古元美术馆

古元画作承古元，刀笔无言胜有言。
山郭水村犹梦境，傍花随柳到桃源。

孙中山故居

风云际会翠亨村，帝制一朝无复存。
百十年来人景仰，香山璀璨耀孙门。

中山龙瑞村

探花及第立牌坊，折桂原为刘姓郎。
更有官阶列四品，文昌古塔铸荣光。

江门华人华侨博物馆

离乡别井走南洋，作马当牛为口粮。
桑梓情深连万里，汪洋大海怎能量？

开平碉楼

中西合璧历烽烟，凝聚华侨血汗钱。
去国越洋千万里，乡情家事藉魂牵。

广州行三首

（2009年8月29日至30日）

香江野生动物园

百兽同园各所安，无猜众鸟逐相欢。
文明人类应如是，何必纷争斗不完？

白云山

白云山上白云飞，野鸟歌声出翠微。
泉水多情鸣曲涧，密林无雨湿人衣。

广东科学馆

溯源科学觅神奇，所有儿童似变痴。
陶醉其中忘自我，三餐未食不知饥。

夜宿乡居偶得

（2009 年 10 月 1 日）

山色渐无唤不回，油灯高挂照前台。
月移树影潜风去，鸡唱晨曦入屋来。

桃源秋赋

（2009 年 10 月 5 日）

（一）

鸡啼犬吠鸟飞鸣，树绿稻黄溪水清。
几处农家隔塘望，相呼大婶笑盈盈。

（二）

喜鹊高飞叫不休，哗哗河水雾中流。
田间早有开镰嫂，又是丰年好个秋。

（三）

几缕阳光出坳来，村前屋后雾初开。
谁家鸭子破笼出？扑到河中任水推。

（四）

陡峭河边一水牛，摇头摆尾读清流。
鱼儿似解其中意，也到跟前弄浪头。

（五）

一鸡开口百鸡和，唤醒桃花十里坡。
最爱田园看不足，深黄浅绿映清河。

皖行十咏

（2009 年 11 月 2 日至 7 日）

时值深秋，气朗风清，随市政协文史委同仁赴安徽考察，见闻所及，颇有感触，发之为诗，偶得十咏，此乃皖地人文自然景观深厚博大使然也。

合肥老街

承传历史古犹新，字号依然店铺陈。
最是磨光青石路，分明行过许多人。

合肥三河古镇

两千五百几年前，店铺石街尤井然。
文也商乎何是本？杨孙旧宅县桥边。

九华山

凌空突兀是天台，寺庙参差次第开。
和尚念经廊外静，香风阵阵四边来。

黄山日出

夜幕渐开月色稀，黄沙碧水合天围。
红球倏地海中出，眨眼群峰着赤衣。

黄山迎客松

扎根峭壁石岩中，雪压风摧绽笑容。
唯有诚迎天下客，从来谦让不需封。

黄山宏村

山环水抱状如牛，黑瓦白墙抬马头。
重德崇文尚商道，月桥相映逾千秋。

绩溪龙川

甲子轮回两尚书，清溪映槛好家居。
宪宗豪宅人惊叹，胡氏祠堂天下殊。

绩溪紫园

徽州建筑大观园，楼阁亭台临水村。
曲径回廊翠竹掩，清幽闲雅胜桃源。

歙县堂樾牌坊群

儒家文化见牌坊，忠孝义贞扬国光。
鲍氏祖先堪称赞，和风育出好儿郎。

紫云谷三题

（2009 年 12 月 29 日）

（一）

紫云谷里觅奇珍，鸟语花香处处闻。
走遍清溪无所得，洞中偶见踏天人。

（二）

幽深古洞水泠泠，浑似江涛拍岸声。
细看残苔辨荒岁，东坡砚语耳边鸣。

（三）

清澈端溪天外来，冲沙激石洗尘埃。
终年无雨不干涸，为润紫云青眼开。

入夜星湖漫步

（2010年2月14日）

闲花野草透蛙声，风起莲湖泛月明。
对岸车龙连不断，华灯闪烁是端城。

西藏九题

（2010年7月9日至14日）

高原雪域，苍山与秃岭交错，江河与湖泊并存，峡谷与草原相映，其民俗风情之异，文化特色之奇，自然物态之殊，实乃南方未见，虽时值夏日，然凉风习习，清气宜人。几天考察，随行信笔，偶得九题。

珠穆朗玛峰

峻峭凌空盖世雄，东西南北各秋冬。
泱泱华夏坚如石，民族和谐柏与松。

雅鲁藏布江

未见先闻贯耳声，疑为烈日滚雷霆。
飞流白浪冲天起，过峡穿云又一程。

白云

最会偷闲是白云，眠岩泊壑养精神。
管他野鸟频催促，一任天然为至真。

南迦巴瓦峰

何故害羞藏雾中？千呼亦不露芳容。
难为影友干焦急，阁下原为处女峰。

鲁朗风景区

一湾碧水几农家，绿树草坪多野花。
仿佛渊明笔下境，桥边又见放牛娃。

世界柏树王

十人合抱不能拢，根露枝繁叶茂葱。
傲雪凌霜看世界，笑迎春夏与秋冬。

巴松错

绿洲古寺碧湖中，四面风光各不同。
雾锁溪边半山雨，白云飘处现冰峰。

从拉萨赴纳木错途中

草原点点是牦牛，乍看疑为乱石头。
直觉终难辨真伪，置身仍要探根由。

纳木错

蓝天脚下一神湖，不见源头不见枯。
四季攸和润荒漠，私心曾有半丝无？

题端砚

（2010 年 10 月 2 日）

水底山心生紫云，奇观异趣可曾闻？
踏天还要磨刀割，灵巧石工如有神。

题广信塔

（2010 年 10 月 5 日）

一塔凌空两广分，皇恩浩荡四时春。
三江汇合钟灵秀，撷取青天几缕云。

星湖绿道

（2010 年 10 月 6 日）

环湖绿道鸟音清，鱼乐帆欢逐翠亭。
月挂枝头人未散，犹闻对岸踏歌声。

登北京香山

（2010 年 10 月 16 日）

从元开始，香山便为历朝皇家园林。新中国成立前，更成为党中央进北平前之驻地。毛泽东在此发出了《向全国进军的命令》，并赋七律《人民解放军占领南京》。庚寅重阳，登临揽胜，感慨系之，得七绝五首。

（一）

初上香山溯远风，双清别墅克罴熊。
斯楼昔夜燃灯火，照得神州一片红。

（二）

秋日香山叶未红，应因霜雪未曾逢。
人生履历当如是，顺境哪能成大功？

（三）

独立巅峰顾四周，茫茫翠岭若波流。
何当挥舞手中笔，寥廓秋光万古留。

（四）

小小池塘大乾坤，春雷激荡涌风云。
欢呼六一年前事，从此神州易主人。

（五）

何必寻芳刻意游，无边美景望中收。
大千世界几多事，都付苍烟随水流。

桃源春题

（2011 年 2 月 2 日至 3 日）

湘之过年习俗异于粤，人亦与鸟友善，生态甚好，兹赋六者，概其要也。

压岁

夜半挑灯燃爆竹，晨曦未露食团年。
开门抬眼寻将去，顿觉新春到岭巅。

守岁

合家围坐火炉旁，既品年糕又吃糖。
待到时针指零处，欢呼放炮喜如狂。

迎春

烟花爆竹火冲天，岭上人家入眼帘。
一扫秦时明月夜，平安处处接新年。

拜年

手提水果饼和糖，探了邻亲探远房。
见面频频互恭贺，欢声笑语满华堂。

游春

溪水清清草色新，田边树下满游人。
观鱼逗鸟儿童乐，谁解于斯曾避秦？

喜鹊

门前树上筑巢居，也作迎春旧岁除。
频给人间传喜讯，无边洪福藉天书。

忆旧游六题

（2011年5月29日）

辛卯初夏，随名城研究会同仁赴韶关、井冈山、瑞金考察，尽散怀抱，只字不题。然回肇后，所察之景充斥脑海，挥之不去，酒酣耳熟之际，铺纸醮黑，提笔一挥，竟成七绝六首，真快意也。

韶关丹霞山

蜿蜒碧水映丹霞，疑是漫山开野花。
难怪神仙不思返，生儿育女置凡家。

赣州古浮桥

接岸浮江八百秋，迎来送往不需酬。
皮残体腐终不悔，唯教笑声共水流。

赣州郁孤台

孤峰顶上一高台，四面葱茏扑眼来。
八景双江遗旧梦，深山已没鹧鸪哀。

井冈山黄洋界

战壕弹洞记当年，烈士丰碑耸眼前。
英勇红军征腐恶，换来华夏太平天。

井冈山五指山

纵目难寻五指山，莫非藏匿白云间？
荒崖踏遍无踪影，唯有重重雾往还。

瑞金沙洲坝红井

井前肃立起追思，掘地寻源洒汗时。
泉水恩情深似海，人民领袖不分离。

封川古城

（2011 年 11 月 3 日）

封川城制责分明，御盗防洪恤众情。
古代官员尚如此，今天公仆更忠诚。

仙女湖

（2012 年 7 月 8 日）

天气异常仙女湖，骄阳未退水帘铺。
吱吱小鸟似相问，雨具曾经带有无？

阅湖楼观醉酒后自书墨迹

（2012 年 7 月 8 日）

墨浪毫锋任意抒，惊蛇飞鸟出般墟。
浓情染得星岩翠，疑是张颠醉后书。

卷五　长短句

满江红·大洲高竹

（1983 年 7 月 1 日）

直插苍穹，
风雷动、残云惊落。
凛然拔、轩轩气宇，
扬清激浊。
笑看暑寒更替逐，
任凭飚雨轮番泼。
总岿然、抖擞自逍遥，
撩天乐。

腰杆直，虚怀阔；
莫嫌淡，甘孤寞。
更根生瘠土、了无萧索。
节节凝珠穿雾霭，
枝枝腾露催春色。
揽云天、奋臂振雄风，
英姿勃。

减字木兰花·贺江泻玉

（1983 年 7 月 3 日）

巨龙蓦降，

激起贺江千叠浪。
玉练生风，
乱拂梨花漫太空。
风雷动处，
光热同传乡市去。
黄鸟清音，
忽报人间遍地金。

注：贺江泻玉即封开白垢电站，为广东小桂林一景。已故著名书法家秦咢生曾赋诗云：“倾江滚雪水生烟，动地沉雷泻玉川。日影垂芒留彩绘，长看雄坝障南天。”

念奴娇·上白马山

（1999年10月1日）

正值建国五十周年纪念日之际，上封开白马山，至山顶，举目四望，远山近水尽收眼底，何其壮丽也！忽忆中国共产党领导全国人民，经过几十年浴血奋战，打败了日本侵略者，驱逐了美国帝国主义及其走狗，推翻了蒋家王朝和长期压在人民头上的“三座大山”，建立了中华人民共和国，使人民终于成了国家的主人，过上了幸福生活，实现了太平盛世，不禁心潮澎湃，思绪万千，信笔填下此词。

群山环抱，
莽苍苍、野旷天低峰秀。
玉带风牵挥宝剑，

号令万千狂兽。
左策雄狮，
右鞭猛虎，
辽域麒麟守。
封州形胜，
斑斓光耀星斗。

自古冬去春来，
地灵人杰，
辈出英雄胄。
惜恨历朝君政暗，
盛世太平非久。
横扫寰尘，
直除世浊，
荡涤人间臭。
重开基业，
创新宏宇鸿宙。

桂枝香 . 窗前外望

（2005 年 3 月 2 日）

2001 年 9 月本人从市委政策研究室副主任调任市文化局副局长，到市政府上班；2005 年 2 月调回市委大院，任市文联主席、党组书记。倚窗外望，追今抚昔，感慨万千，深感责任更为重大，即填此词，感慨系之。

临窗送目，
好一派春光，
鸟儿嬉逐。
翠绕池边楼宇，
小桥花簇。
清风习习微澜起，
鲤鱼翔、蛙声兴伏。
柳条飘拂，
榕须摇曳，
桂枝芳馥。

四载矣、从文踯躅。
叹易逝年华，
重回斯屋。
联合骚人墨客，
要将前续。
凭依灿烂文明史，
创新篇、丰厚民俗。
锦披河岳，
绿铺原野，
植松栽竹。

沁园春·杨池

（2005 年 5 月 29 日）

北倚龙头[①]，
南朝笔架，
西佛东牛。
有仙人揽月，
凤凰贡宝，
雄狮守界，
猛虎巡丘。
杨溢祥光，
池盈紫气，
袍笏荷枪壮志酬。
百威显，
扬旌旗震宇，
大象回眸。

地灵孕育风流[②]，
仰昔作、衙门令郡州。
更封门望族，
仁民爱物，
钱庄书室，
旗夹皇绸。

门第常春，

人才辈出，

旨赏花翎为国谋。

四百载，

再开天辟地，

续写春秋。

注：

①杨池村有龙、虎、犀牛、狮象守水、仙人翘足、凤凰跳涧、月光岭嘴、笔架、大袍、贡宝、猛枪、百威、旗等山（地）名。

② 1802 年，封川县令程含章题匾“封门望族”赠杨池村；清嘉庆年间，慈禧太后赠锦帐给银库的老板叶晋唐，以嘉奖其每年三荒四月开仓赈济的善举；清同治年间，杨池村人叶交收复肇庆城有功，获旨赏花翎；1921 年，为避战乱，时任封川县县长的杨池村人叶仲衡把县政府搬回村中祠堂办公；村中有书室四间，银库、钱庄各一座，旗杆石夹两副。

卷六　楹联

梅庵联

（2002 年 3 月 3 日）

插梅成荫无双地

顿悟弘禅第一人

梅庵大雄宝殿联

（2002 年 3 月 3 日）

倚北岭，隐禅机，东来紫气；

揽西江，弘佛法，南纳祥光。

梅庵六祖殿联

（2002 年 3 月 3 日）

梅发千枝荫故里

庵尊六祖泽苍生

茗鼎轩联

（2002 年 4 月 25 日）

（一）

品茗谈诗增雅气

观鱼赏石养禅心

（二）

门纳鼎湖瑞气

室盈春茗清香

封开县广信城门联

（2004 年 5 月 1 日）

（一）

城枕三江，域拓东南西北。

埠开百越，名扬中外古今。

（二）

东西两广分，布信施恩，双桥飞架通南北；
南北三江汇，盘龙踞虎，一水蜿蜒贯东西。

中堂联

（2005 年 5 月 1 日）

（一）

梦因多念起
廉赖绝心贪

（二）

难易全于己
乐忧唯在心

（三）

心逐浮云忘贵贱
身飘异域系乡邦

（四）

学问何求？洞明世事行天下；
文章怎写？练达人情信笔间。

（五）

心寄白云，哪管红尘翻脚下；
目游绿水，任由紫鲤跃跟前。

宝锭山风景区联

（2006年5月1日）

大门口联

宝在哪边？尽在翠竹苍松之内；
锭藏何处？深藏青山绿水之中。

君子阁联

菊竹梅兰，君子之高风永播；
亭台楼阁，人文之美景常新。

得寿廊联

得同日永，风光不老；
寿与天齐，景物长存。

爵禄亭联

爵从勤里取
禄自苦中来

福音亭联

福为百姓谋，你也！我也！
音从千山送，竹乎？鸟乎？

观宝亭联

山中有锭，观万物之得时，一片生机勃勃；
亭上无障，喜群峰之献宝，千重紫气盈盈。

听竹亭联

听曲水潺潺，清如天籁；
闻幽篁细细，雅若龙吟。

眺日台联

日出日落，日白日红，四季轮回日复日；
山高山低，山青山黛，千峰环抱山连山。

两广第一状元村牌坊联

（2006 年 6 月 8 日）

高耸笔锋，崇文尚德状元里；
平铺田亩，善养勤耕富庶村。

平风泰新桥联

（2006 年 6 月 8 日）

廊桥三进挑风雨

石柱四排梳古今

配画联

（2006 年 6 月 8 日）

（一）

几树红花缀天宇

一江绿水绕山村

（二）

碧水蓝天，鲤鱼嬉戏澄波里；

清风翠竹，鸲鸲欢歌绿野中。

（三）

万壑泉声，溪溪绿水歌红叶；
千峰瑞气，朵朵白云护碧山。

十砚堂联

（2007 年 5 月 3 日）

十喻多焉，广聚大师才俊；
砚须精也，宏开博学论坛。

广信塔联

（2007 年 10 月 1 日）

东门联

塔分两广布恩信
水合三江毓秀灵

注：三江指西江、贺江、郁江。

西门联

西江东去无双塔
北域南来第一州

高要龙公祖庙牌坊联

（2007 年 10 月 15 日）

开天辟地，盘古丰功人景仰；
护国安民，神龙盛德世绵长。

和谐园联

（2008 年 5 月 19 日）

和而不同，湖山境界；
谐之有序，日月情怀。

学校图书馆联

（2008 年 5 月 19 日）

立志需从小
成才靠读书

市博物馆之“砚都瑰宝”馆联

（2008 年 5 月 30 日）

石曰紫云，割自端溪源武德；
砚称瑰宝，传承华夏播文明。

阅湖楼联

（2008 年 10 月 1 日）

（一）

阅古阅今，阅尽沧桑，溶洞迷人如醉酒；
湖烟湖雨，湖涵日月，层岩滴翠染成诗。

（二）

阅古观今，堤柳亭桥烟雨里；
湖光山色，人舟岩榭画图中。

挹翠亭联

（2008 年 10 月 3 日）

（一）

挹得清风盈两袖

翠含明月上双亭

（二）

挹取蛙声，清波碧浪肥鱼跃；

翠融虫影，绿树红花稚鸟鸣。

七星岩荷香亭联

（2008 年 10 月 3 日）

（一）

荷生映岸绿

花发满湖香

（二）

荷花环曲岸
香气溢平湖

新兴藏佛坑联

（2009 年 2 月 17 日）

（一）

藏经有阁连三界
佛法无边度众生

（二）

庙宇巍峨，殿上栖云，廊中明月皆禅意；
香烟缭绕，檐边拥翠，槛外清风是佛缘。

（三）

盘山而上，曲曲弯弯条条是道；
穿树而来，斑斑驳驳色色皆空。

（四）

坑藏六祖绕祥云，山灵水圣；
佛佑群元盈瑞气，雨顺风调。

（五）

藏坑化羽升天去
佛涧流泉泽世来

（六）

明镜非台，鸟语花香盈佛境；
菩提无树，风和日丽暖人间。

山寨联

（2009 年 5 月 5 日）

（一）

风摇树影填洼径
月桂枝头照美人

（二）

花草虫鱼皆画境
风云雷雨是诗情

（三）

一片蛙声盈绿野
半窗月色挂红梅

（四）

月色山风吹不去
虫声树影拂还来

七星岩映日亭联

（2009 年 5 月 12 日）

映水荷花红间绿

笼桥日影淡犹浓

七星岩桃花岛联

（2009 年 5 月 12 日）

蝶舞蜂飞，人面桃花融绿野；

凫鸣鹤唳，湖光山色嵌蓝天。

风云亭联

（2009 年 5 月 12 日）

云飞千壑合

风起众山摇

水月宫联

（2009 年 12 月 3 日）

（一）

水碧湖宽浮白日，
月明殿静沐清风。

（二）

水上白莲香，果证菩提，一叶一花一世界；
月中丹桂茂，圆通般若，万行万德万庄严。

（三）

水月无尘，般若花开香法界；
宝陀有佛，菩提树长庇苍生。

星湖联

（2010 年 1 月 1 日）

柳暗花明，翠影苍烟闻鸟语；
星辉月朗，白云碧水荡天风。

研心堂联

（2010 年 2 月 5 日）

心中研，用心研，研研精美；
意里画，随意画，画画新奇。

梅庵联

（2010 年 2 月 13 日）

六祖坛经，传道释疑施法雨；
千年梅树，挹泉润物播禅风。

润翔文化传播公司联

（2010 年 10 月 25 日）

润物无声春雨好

翔鹰有志海天宽

飞翔文化传播公司联

（2010 年 10 月 25 日）

飞高奋翮，传承文脉东成西就；

翔远放眸，拓展财源北往南来。

肇庆绿道联

（2010 年 11 月 29 日）

星湖绿道

绿道环湖，翠含鸟语声声脆；

白云追月，风抚花魂处处香。

端州绿道

翠滴清溪，鱼跃泉边闻鸟语；
花侵绿树，禽飞瓜底有人声。

鼎湖绿道

几杵钟声，山色飞来满眼绿；
数行鹭影，湖光铺出一城春。

高要绿道

忙里偷闲，坐享清风散怀抱；
闹中取静，行游绿道动诗心。

四会绿道

紫气盈盈，踏径寻幽入禅境；
清风习习，趟云浴翠觅仙踪。

广宁绿道

竹海苍苍，众鸟争飞花弄影；
绥江湛湛，群鱼竞逐棹扬波。

怀集绿道

小坐片时，清风做伴宜寻梦；
高瞻远景，红叶相邀好赋诗。

封开绿道

桥横南北，双江汇合分清浊；
塔界东西，两岸和谐说古今。

德庆绿道

碧水涟涟，环湖偶见鲤鱼跃；
红花点点，倚树时闻鸲鹆鸣。

佛山祖庙联

（2010 年 11 月 29 日）

（一）

佛像三尊，地育天生成圣域；
祖庙一座，风平浪静佑黎民。

（二）

百年修缮，祖庙流芳光百越；
千载繁延，禅城美誉播千秋。

七星桥亭联

（2011 年 1 月 1 日）

七星桥畔五龙起
一水月边四岛浮

七星岩聚缘亭联

（2011 年 1 月 1 日）

（一）

聚此何需渔父引
缘湖常有水龙吟

注：渔父引、水龙吟系词牌名。

（二）

聚此时闻鹦鹉曲
缘亭偶入鹧鸪天

注：鹦鹉曲、鹧鸪天系词牌名。

（三）

聚此堪谈家国事
缘斯好听雨风声

太阳岛联

（2011 年 1 月 1 日）

荫梓亭前，三面临湖幽岛秀；
灵龟馆下，八方来客笑声欢。

波海公园诸亭联

（2011 年 5 月 1 日）

波海公园，绿道环绕，湖光秀色，几个凉亭点缀其间，更添诗情画意，美不胜收。然而，除了菁英亭有牌匾外，其他既无名无牌匾也无联，殊为可惜。为丰富其文化内涵，试以其特色题名撰联。

虫二亭

波海涟漪，柔柔风自青山起；
星岩绵邈，朗朗月从绿水生。

掬翠亭

翠滴成湖，浩渺烟波疑海市；
步移换景，空蒙山壑是星岩。

枕湖亭

枕湖赏月，水中天上皆明月；
立岸披风，亭里廊间满清风。

菁英亭

菁英绿道在何？问嬉戏闲鱼，泮溪碧水；
空阔澄湖于此，看往来野鸟，堤路紫荆。

波海公园

水秀山清，波海澄湖开泰景；
风和日丽，亭台绿道惠民生。

阅江楼联

（2011年6月6日）

斯曾两广都司令部，枕北岭，扼西江，叶挺挥师，出粤扫湘征鄂赣；

此乃端州郡名胜楼，踞东隅，眺南岸，玉莹建院，读书讲学育贤良。

阅江楼崧台书院联

（2011 年 6 月 6 日）

昔时乎？风声雨声读书声，声声入耳；
今日也！书艺画艺民间艺，艺艺赏心。

杨池村耕读人家门前日月池联

（2011 年 9 月 8 日）

日月同辉，福禄双全贵东日；
山河竞秀，丁财两旺寿南山。

杨池村联

（一）

杨柳摘星担日月
池塘集雨起风雷

（二）

杨上凤凰鸣绿野
池中宝鸭戏红莲

（三）

杨荫犀牛，四季祥和增福寿；
池游宝鸭，八方富贵旺丁财。

杨池村祠堂联

（2011 年 9 月 28 日）

明代肇基，凭宝鸭呈祥，养德修身，根深叶茂家声远；
封川延脉，赖犀牛献瑞，耕田读籍，人杰地灵世泽长。

怀集红霞湾联

（2012 年 3 月 5 日）

（一）

红霞万朵眼前涌

碧水一溪脚底飞

（二）

万朵红霞，眼前幻出千般梦；

百重碧浪，脚底飞来一溪诗。

肇庆市法纪警示教育基地联

（2013 年 1 月 18 日）

法典无偏扬正气

纪纲有度树清风

德庆大一公司联

（2013 年 11 月 4 日）

大纲博艺，精雕细刻兴宏业；
一领群英，阔步高歌拓远洋。

四川省江门古寨联

（2014 年 2 月 17 日）

虎啸江门，气吞云贵三千里；
舟穿峡谷，水击渝川二百州。

注：云南、贵州纵长 2963.4 千米；重庆、四川共有地级市 18 个，自治州 3 个，县级市区 221 个。古代的县多称为州。江门峡为永宁河流经江门出石虎关一段之特称，全长 10 千米，乃云、贵、川咽喉要道。

称心艺术馆联

（2014 年 2 月 28 日）

（一）

笔起风云开万象
墨生雨露润千秋

（二）

品茗常谈家国事
挥毫尚读圣贤书

（三）

读书明事理
养德益身心

封开县公安局清风亭联

（2014年2月28日）

清风明月江山丽
廉政为民社稷安

广宁竹海大观联

（2014年3月1日）

（一）

翠竹清风，曲经幽寮闻鸟语；
澄江绿岸，荒圩古渡有人声。

（二）

如海竹林天下少
迷人景色此间多

（三）

一江春水一江月
十里竹村十里霞

星岩叠翠岛牌坊联

（2015 年 3 月 12 日）

桥横碧水担风雨

岛耸蓝天写古今

北岭山森林公园联

（2015 年 4 月 10 日）

2015 年 4 月 10 日，省、市作协联合组织百余位作家到北岭山森林公园采风，山光物态，景色殊丽，陶醉不已，握管挥毫，得联八副。

山门

翠岭入蓝天，公园秀美人人赞；

清溪鸣绿野，曲径芳幽处处通。

禅龙亭

禅风除俗念

龙窟有灵光

连廊

景连廊美廊连景
湖映山幽山映湖

飞凤亭

岭自云中蹦出
凤从天外飞来

风雨廊

风狂雷击任由汝
雨暴雾吞别管它

虎啸亭

虎啸山丘千谷应
鹰扬天宇万霞飞

万松亭

万壑松风归画本
一亭月色入吟笺

望江亭

北斗七星横岭出
西江三峡抱城来

封开县广莲寺联

（2015 年 10 月 18 日）

广结佛缘，烛光照亮眼前路；
常思己过，香气熏除心上忧。

封开县北帝庙联

（2015 年 10 月 18 日）

宏庙落成，排险伏波，碧水环城千棹过；
大神明察，降魔除妖，红花护岸万民安。

鼎湖宝鼎园前亭联

（2015 年 10 月 21 日）

（一）

宝鼎于前，试问何人敢问？
澄湖在后，欲观几步可观。

（二）

劝君小憩片时，前面即为宝鼎大观，澄湖蝶谷；
愿汝细观全景，旁边又是庆云盛貌，飞水龙潭。

（三）

霞蔚云蒸，许是鼎中飘出？
鹰扬鹤舞，应为湖上飞来。

（四）

蓝天宝鼎三秋月
绿野澄湖四序春

（五）

宝鼎高兮，吐雾吞云擎日月；
澄湖大矣，酿风毓雨润山川。

（六）

邀虫逗鸟心如水
傍寺临湖鼎悟禅

（七）

碧水蓝天，翠野白云围宝鼎，
红花绿树，清风紫气满澄湖。

蝴蝶谷联

（2015 年 10 月 21 日）

蝶舞鸟鸣迎雅客
山明水净却凡心

端砚文化村楹联

（2015 年 10 月 23 日）

（一）

出自端溪润如玉
却因冻雪始扬名

（二）

数点梅花疑是雪
片时墨韵已成春

鼎湖山门联

（2015 年 11 月 11 日）

（一）

半山飞水龙潭月
老鼎庆云蝶谷春

（二）

蝶影湖光飞水梦

鼎魂山色庆云钟

注：鼎湖山上有半山亭、飞水潭、老龙潭、老鼎、庆云寺、蝴蝶谷、宝鼎园等景。

七星岩长联

（2015 年 11 月 15 日）

人间仙境，何处觅仙踪？问万顷波海，一轮水月，七颗青螺。绝美兮：春雨紫荆，夏云翠柳，秋霜莲叶，冬雪梅花。凫掠澄湖，鹤栖湿地。更卧佛含丹耀苍宇，幽洞相连；凌霄吐绿染碧霞，索桥飞架。五龙亭影，孤棹夕烟。奇乎哉！远近高低皆画卷。

崖上雅书，于斯聚雅士。看千年诗廊，半壁题词，对联蓝字。大观矣：李邕石室，苏轼崧台，沫若端州，剑英阳朔。文存正史，赋载嘉期。又新楼会客有鸿儒，言谈脱俗；古阁藏经多善本，翰墨飘香。魁斗天宫，三教寺庙。蔚之也！虫鱼草木亦辞章。

罗董镇大洞镇龙宫联

（2015 年 12 月 30 日）

镇座圣宫大麻天下

龙开慧眼洞察世间

包公文化园联

（2016 年 2 月 13 日）

牌楼正面

精钢不作钩，除恶肃贪，掷砚成洲扬正气；

秀干终成栋，筑堤挖井，兴黉立德播清风。

注：包公《书端州郡斋壁》诗有“秀干终成栋，精钢不作钩”句。

牌坊正面

砚渚清风，扫垢荡污，温暖端州百姓；

星岩朗曜，驱昏逐暗，晴明肇庆千年。

注：明代知府黄瑜撰写的丽谯楼拱门联：“星岩朗曜光山海；砚渚清风播古今。”

山门前

做人洁净似西江，波浪澄明，无垢无污无瘴气；
为政清廉如北岭，云岚素淡，唯风唯雨唯阳光。

山门后

清心直道，安邦治国；
廉政为民，固本强基。

正殿前

三载知端州，千年美誉；
一身是正气，两袖清风。

正殿

清心直道，刚正不阿除腐恶；
黑脸柔肠，鞠躬尽瘁为人民。

思贤亭

务实为民，任初已挖七星井；
清廉从政，岁满不持一砚归。

清心园拱门

清正廉明，包公考肃千秋颂；
心谋发展，古郡腾飞百姓欢。

包公文化园广场舞台

万众赞包公，鼓琴高奏清廉曲；
九州逢盛世，老少齐讴幸福歌。

羚羊峡古道牌坊联

（2016 年 2 月 21 日）

江上清风侵古道
山间明月照归帆

宋城朝天门联

（2017 年 1 月 1 日）

一砚不持扬正气

三年严治播清风

卷七　桃源农家记

桃源农家记

（2014 年 8 月 6 日）

时属孟秋，岁在甲午，作客桃源。山冈之上，红墙绿瓦，绿荫掩映，余岳丈之家也。人丁兴旺，秉承祖德，和睦融洽，务农为业，丰衣足食。生活、生产方式异于别处，一日两餐，陶醉山水，劳逸结合，热情好客，有秦晋之遗风。兹录一日，窥斑见豹，以表其庆。

子时，关电视，众人依次进入各自卧室，熄灯，睡。窗外，伸手不见五指，风吹树梢之声依稀可辨，不时传来几声鸟语虫鸣。有“蝉噪林逾静，鸟鸣山更幽”之感。丑时，鸡啼，由近及远，此起彼伏，互相呼应，寂静之夜似乎热闹起来。寅时，山巅冒出鱼肚白。闪烁之星星，给深邃之夜空平添了几分神秘。卯时，天渐亮，众人起床，开门，到山地摘玉米，蛇皮袋装之，约七八袋，摩托车分批载回。晒谷场上，用刀剁碎，晒，备鸡食。辰时，洗澡更衣。早饭，辅之以绿豆粥，小菜若干，毕。已时，搬出麻将台，开始娱乐，基数两元，赢输不过百，赢者哈哈大笑，输者聊作付工钱，其乐融融。午时如是。未时，淘米洗菜，杀鸡煮饭，菜中多放辣椒，荤类盛于瓦锅用炭炉炖之，热气腾腾，香味诱人。申时，食之，有坐着食者，亦有站着食者，有说有笑，话语多涉农事，亦有劝导孩子立德勤学者。席散。酉时，步出户外。林道弯弯，稻田片片。阡陌交错，房舍参差。池塘错落，溪流纵横。夕阳抹村落，炊烟袅袅；红霞栖翠岭，野鸟翩翩。牧童横笛，见牛犊之掠影；樵叟荷柴，有猎犬之相随。美哉！身临其境，心不驰耶？有休悠随意散步者，有欣赏山光水态者，有挑拣奇石野果者，有到池塘溪边垂钓者，亦有并肩时行时停轻声细语者。夜幕降临，带着欢声笑语，带着胜利果实，踏着月色，陆续返家。戌时，亮灯，开电视，先看中央、湖南新闻，再看全国各地新闻，后选看电视剧。亥时，总结当日工作之得失，共议次日工作之安排，你言我语，意气风发，神采飞扬，言谈之音溢出檐外。

噫嘻，和谐幸福之农家也！昔陶渊明笔下之桃花源人有此乐乎？

卷八　杨池赋

杨池赋

（2016 年 11 月 17 日）

封门望族，岭南名村。北承丰寿山麓，穿田过脉；南朝尖冈峰峦，蜂腰鹤膝。形如宝鸭下莲塘，势若骏马驰平川。纳佛子岭之瑞气，沐百威山之祥光。猛枪在手，大袍加身。石人石马，石笔石砚。前有大象守水，后有凤凰贡宝。左有犀牛拱护，右有仙人庇荫。清溪环抱村前过，翠柳婆娑池畔生。美哉，至真至善至美之风水宝地！

砖瓦房舍，高低有序；石板巷道，曲直相连。旗杆石夹彰功名，镬耳屋顶显霸气。书室四间，尊师重教已见一斑；钱庄两座，经贸通商可窥全豹。战乱时期，曾作县府衙门；太平盛世，已成旅游名区。感历史之悠久兮，叹底蕴之深厚；沐德泽之渺邈兮，喜人才之辈出。始祖翰彪叶公，来自河南叶县。明朝大将，反清复明隐于此；一代鸿儒，开枝散叶发于斯。二世祖刘锡公生三子，三子又生九子，九子又生十八子，谓三广九芝十八唐。子子孙孙，世代繁衍，迄今有后裔三千余人，遍布全球五大洲。正所谓：杨高常驻马，池小有藏龙。进士、举人、贡生、秀才、监生、痒生、廪生、文林郎，彪炳青史；将军、博士、翰林、大夫、知州、县长、学正、教谕官，志书有载。知州叶交，统军收复肇庆城，享旨赏戴花翎；县长仲衡，剿匪殉职开建岭，令民泣感天地。富豪晋唐，积德行善也，岁岁开仓赈济，感动朝廷，幸获慈禧嘉奖；县长宣甫，为民治邑也，时时殚思竭虑，夙夜在公，亲题封川县志。子修教授，香港办学育才俊；东杜机师，大陆长空抗日侵。书记思训，克俭克勤，清廉从政人景仰；乡贤焕元，亦耕亦读，诗礼传家福绵延。

生生不息，代代相传。今日之杨池也，承载昔日之辉煌，共筑当代之梦想。或文或武，或政或商，或工或农，各循其道，皆得其昌。戮力同心弄大潮，感恩戴德报社会。

嘻吁！村虽小而乾坤大矣，地虽僻而俊贤多焉！祠堂楹联，庶可鉴证：明代肇基，凭宝鸭呈祥，养德修身，根深叶茂家声远；封川延脉，赖犀牛献瑞，耕田读籍，人杰地灵世泽长。

欣为赋也！